DR. MED. VET. LUDWIG BAYER
HUNDESPRECHSTUNDE

Hinweis:
Die Ratschläge in diesem Buch sind mit aller Sorgfalt zusammengestellt und mehrfach überprüft worden. Dennoch kann eine Garantie nicht übernommen werden. Eine Haftung des Verlages und seiner Beauftragten für Personen-, Sach- oder Vermögensschäden ist ausgeschlossen.

Illustrationen: Mathias Wosczyna
Umschlaggestaltung: Thomas Steinkämper
Satz: Grafikdesign Jauczius & Böwer, Münster
Druck: Lechte Druck, Emsdetten
Buchbinderische Verarbeitung: Buchbinderei Klemme, Bielefeld

Printed in Germany

ISBN: 3-927624-61-6

DR. MED. VET. LUDWIG BAYER

HUNDE SPRECHSTUNDE

Vom richtigen Umgang mit
unseren vierbeinigen Freunden

STEDTFELD

Inhaltsverzeichnis

Vorwort

Unsere Hunde. Den Kindern sind sie willfährige, geduldige und wachsame Spielgefährten, Punching Ball, Trost und Freund in der Einsamkeit des Nichtverstandenwerdens – Brücke zu einer Welt, die die Erwachsenen schon verlassen haben, wobei sie ärmer geworden sind.
Uns Erwachsenen sind sie selbstverständliches Familienmitglied, Quell unverdienter Streicheleinheiten, die wir in der Kälte des Alltags oft nicht mehr bekommen, weil wir selbst so mit ihnen geizen, Entspannungshilfe in streßbeladener Zeit, wandelnde Erinnerung daran, daß ein Leben ohne Freundschaft, Loyalität und Treue ein ärmeres Leben ist.
Und den Älteren sind sie treue Gefährten, Träger von Erinnerungen, kleine Öfen, die Wärme und Gesundheit spenden, Trost und Begleiter in der Einsamkeit des Ausgeschlossenseins, Brücke zu einer Welt, die noch keiner kennt. Hunde lieben uns nicht »weil«, sondern »trotzdem«.
Gerade wegen der Treue und Loyalität unseres kleinen Freundes schulden wir ihm aktive Aufmerksamkeit, Zuwendung und richtige Pflege. Die meisten Hunde sind zwar von Natur aus robust, aber ihre natürlichen Abwehrkräfte sind bisweilen schnell aufgebraucht, wenn wir nicht bereit sind, ihre »Sprache« verstehen zu lernen. Jeder Tierarzt kann bestätigen, daß eine große Zahl seiner Hunde-Patienten an den Folgen falscher Behandlung und Ernährung leidet.
Der richtige Umgang mit Hunden erfordert natürlich das Wissen darüber, was Hunde brauchen und lieben. Und gerade dieses Wissen ist leider viel öfter lückenhaft, als man meinen könnte. Hunde können zwar viele Laute von sich geben, aber leider (oder Gott sei Dank?) können sie sich nicht der Sprache der Menschen bedienen, wenn sie uns sagen möchten, wo es ihnen weh tut, was ihnen fehlt und wie sie sich fühlen. Dabei kennt auch die Hundesprache eindeutige Signale, die lange vor

dem Ausbruch einer Krankheit auf ein Ungleichgewicht hindeuten. Frühzeitige Behandlung kann hier Wunder wirken.
Wenn unser Hund ernsthaft krank ist, dann ist sicher der Weg zum Tierarzt das einzig Richtige. Zu lange selbst herumzudoktern und abzuwarten wird mehr Schaden als Nutzen bringen. Andererseits gibt es doch viele kleinere Beschwerden und Störungen, die man gut selbst behandeln kann, vorausgesetzt, man erkennt, um welche Krankheit es sich handelt, wie man sie behandeln kann und wo die Grenzen der Selbstbehandlung liegen. Zudem haben nicht alle Hundefreunde das Glück, einen guten Tierarzt ihres Vertrauens in der Nähe zu wissen. Sie sind dann zumindest bei den Erste-Hilfe-Maßnahmen auf ihren »gesunden Hundeverstand« angewiesen. Auch was Nahrung, geeignete Pflege und richtigen Umgang mit dem Hund betrifft, kann man oft genug Rat- und Hilflosigkeit in den Kreisen der Hundehalter feststellen.
So habe ich es mir mit diesem Buch zur Aufgabe gemacht, eine Art Übersetzungsarbeit zu leisten, damit Sie die »geheime« Sprache der Hunde erlernen können und mehr und länger Freude aneinander und miteinander haben.

1. Teil

Pflege und Umgang

Wissenswertes über unseren kleinen Begleiter

8000 Jahre lang währt sie nun schon, die Freundschaft zwischen Mensch und Hund. Anfangs arbeiteten beide als »Geschäftspartner« zusammen und gingen zu gegenseitigem Nutzen gemeinsam auf die Jagd. Aber bei dieser Aufgabenverteilung blieb es nicht. Das intelligente und gelehrige Tier sollte sich für eine Vielzahl weiterer Aufgaben als nützlich erweisen, die das Band zwischen Mensch und Hund weiter festigten: Schafe hüten, Schlitten ziehen, Schutz von Heim und Hof und vieles mehr. Etwa um das Jahr 3000 v. Chr. brachte es der Hund zu einer einmaligen Sonderstellung in seiner Geschichte – bei den Äthiopiern begann man, den Hund als Gottheit zu verehren. In einem Augenblick religiöser Hysterie wurde ein Hund sogar einmal zum König gekrönt.

Eine achttausendjährige Partnerschaft

Viele Hundehalter wissen nur wenig über das Wesen ihres Hundes – was er braucht und was er gerne hat. »Mißratene Hunde« sind oft nur deshalb mißraten, weil sie von Herrchen oder Frauchen nicht artgemäß behandelt und erzogen wurden oder weil sie unter Bedingungen gehalten werden, die für sie ungeeignet sind. Allzu häufig sind wir schon zufrieden, wenn sich unser Hausgenosse nur anhänglich genug zeigt und sich Herrchens oder Frauchens Zärtlichkeiten willig gefallen läßt. Wünschen wir uns ein Haustier, entscheiden wir meist nach Kriterien wie Aussehen und Sympathiegefühl, ohne uns zu vergegenwärtigen, welche Bedürfnisse der Hund selbst hat, den man gerade erwerben will, welche speziellen Eigenheiten seine Rasse hat und ob man ihm auch das geben kann, was er braucht. Vielleicht hat Ihr Schützling mehr Auslauf nötig, als Sie ihm, bedingt durch Ihren Arbeitsrhythmus oder die Lage Ihrer Wohnung, bieten können? Oder die Rasse, auf die Sie ein Auge geworfen haben, ist einfach nicht zum Schoßhund

Entscheidungskriterien

geboren, den Sie aber so gerne hätten. Dennoch: Bei der Vielzahl von Hunderassen und der noch größeren Zahl von Mischungen dürfte wohl jeder einen geeigneten Hundegefährten finden.

Die erste Frage aber, noch bevor Sie sich einen Hund anschaffen, sollte immer sein: *»Ist ein Hund eigentlich das, was ich mir wünsche?«*

Um diese Frage zu beantworten, sollten Sie sich schon ein Mindestmaß an Kenntnissen und Information zulegen. Nur für Schlafplatz und Futter zu sorgen reicht gewiß nicht aus. Auch ein Hund hat Bedürfnisse und Eigenheiten, die sich zudem von Rasse zu Rasse in einigen Punkten unterscheiden.

Checkliste für die Anschaffung

Konkret stellt sich dann eine Reihe weiterer Fragen:

- Wie groß ist meine Wohnung?
- Welche Auslaufmöglichkeiten – Grünanlagen, Parks oder eigener, großer Garten – gibt es in meiner unmittelbaren Umgebung?
- Wieviel Zeit kann ich für die Betreuung meines Hundes erübrigen?
- Wieviel Geld kann und will ich für das neue Familienmitglied ausgeben?
- Kann ich meinem Hund ein Mindestmaß an Erziehung angedeihen lassen, so daß er nicht blindlings vor das nächste Auto läuft, nicht ständig Nachbars Katze jagt oder in seinem Spieltrieb harmlose Passanten belästigt usw.?

Verantwortung und Verpflichtungen

Grundsätzlich muß jeder Hundebesitzer bereit sein, die Verantwortung für seinen Hund zu übernehmen. Ein Hund folgt nur seinem natürlichen Instinkt, wenn er beispielsweise Katzen jagt. Ihm Grenzen zu setzen, dazu sind *Sie verpflichtet.* Ihre Nachbarin liebt ihre Katze ebenso wie Sie Ihren Hund. Es mag ja sein, daß Sie Pech hatten und einen schwer erziehbaren Hund erworben haben, wahrscheinlicher aber ist, daß Sie nicht die entsprechenden Kenntnisse haben, ihn richtig zu erziehen. Trotzdem tragen Sie die Verantwortung für Ihren Hund – als sein »Herr und Meister« beziehungsweise, um in der Hundesprache zu sprechen, als sein Rudelführer. Hunde sind liebenswerte Lebewesen, aber sie sind nun einmal keine Menschen. Man sollte daher auch nicht den Fehler machen, mit ihnen umzugehen, als wären sie es.

Ein Hund, der richtig behandelt und erzogen wird, zahlt die aufgewendete Mühe ein Leben lang mit seiner Hingabe zurück.

Wenn Sie sich über all diese Dinge im klaren sind und die Verantwortung für den neuen Hausgenossen übernehmen wollen, steht einem Kauf nichts mehr im Wege. Sie können dann den richtigen Hund auswählen, den, der sowohl Ihrem Geschmack als auch Ihren Lebensumständen entspricht.

Hunderassen und Mischlinge

Vielleicht sind Sie gerade dabei, sich zu überlegen, ob Sie sich lieber einen Rassehund oder eine »Promenadenmischung« in Ihr Heim holen sollen.

Was ist das eigentlich, ein Rassehund? Jede Hunderasse zeichnet sich durch bestimmte körperliche und charakterliche Merkmale aus. Über lange Jahre haben Züchter nur solche Hunde miteinander gepaart, bei denen die jeweils gewünschten äußerlichen oder charakterlichen Merkmale am ausgeprägtesten waren. Der Name einer Rasse kann den Namen des Züchters preisen (Dobermann), auf die Verwendung des Hundes hinweisen (Schäferhund), eine Ortschaft verewigen (Leonberger), auf einen Erbfehler hinweisen (mexikanischer Nackthund) und anderes mehr.

Von Rasse, Klasse und Charakter

Bei einer Zucht muß dafür gesorgt werden, daß die Eigenarten einer Rasse, die sogenannten Rassestandards, zuverlässig weitervererbt werden. Viele Züchter vernachlässigen inzwischen leider die charakterlichen Merkmale eines Hundes zugunsten seines Aussehens. Den Grund haben Sie sicher längst erraten: Je »klassischer« ein Hund aussieht, desto eher wird er auf Ausstellungen prämiiert, und das erhöht seinen Wert. Wie so oft geht es also auch hier ums Geschäft. Als Hundehalter in spe sollte man aber mindestens genausoviel Wert auf den Charakter eines Hundes legen wie auf sein Aussehen. Man muß sich ja das Hundeerziehungsleben nicht unnötig schwermachen.

Mischlingshunde nun müssen ganz und gar nicht »schlechter« sein als Rassehunde. Natürlich hat niemand darauf geachtet, welche Charaktere sich da paarten, und so kommt es nicht selten vor, daß Jagd- und Sexualtrieb der Nachkommenschaft stärker sind als bei den Eltern. Genauso, wie man durch eine Zucht positive Anlagen fördern kann,

Abb. 1: Hunderassen wurden für die verschiedensten Zwecke gezüchtet.

funktioniert auch der umgekehrte Weg, in diesem Fall ungewollt. Und dann kann es sich etwas schwieriger gestalten, wenn Sie Ihrem Hund den notwendigen Erziehungsschliff geben wollen.

Lassen Sie Gefühl und Intuition entscheiden

Egal ob Sie sich für einen Rassehund oder einen Mischling interessieren, Sie sollten sich Ihren neuen Gefährten gut ansehen, bevor Sie ihn kaufen. Wie reagiert er auf seinen Herrn, auf Fremde, wie benimmt er sich? Achten Sie dabei vor allem auf Ihr Gefühl, Ihre Intuition.

Was Sie über die Instinkte und Triebe eines Hundes wissen sollten

Die mannigfaltigen Rassen unserer Haushunde sind durch Züchtung aus verschiedenen Wildhundarten entstanden. Diese Wildhunde lebten teils im Rudel, teils als Einzelgänger. Meist jagten sie ihre Beute selbst oder fraßen Aas, begnügten sich also mit dem, was »Jäger« zurückließen, oder nährten sich von den Abfällen menschlicher Siedlungen. Wilde Hunde haben mit den vielen nützlichen Arten der gezähmten Haushunde nicht sehr viel gemeinsam. In den langen Jahren der Hundezucht wurde durch das Kreuzen verschiedener Wildhundrassen und die Zuchtwahl nur der qualifiziertesten Tiere für den jeweiligen Zweck (Jagd, Schutz usw.) eine Rassenvielfalt für die verschiedensten Aufgaben geschaffen.

Das Wesen des Hundes

Um den »Hundeverstand« zu entwickeln, der erst eine erfolgreiche Partnerschaft zwischen Mensch und Tier ermöglicht, muß man einiges über die grundlegenden Triebe und Instinkte des Hundes wissen:

Jagdtrieb

Der erste, wohl bekannteste und augenfälligste Trieb, der in jedem noch so bravem Schoßhund schlummert, ist der **Jagdtrieb.** Die erste Verwendung, die der Mensch für den Hund hatte, war entsprechend die eines Jagdhelfers. Dabei machte sich der Mensch Intelligenz, Schnelligkeit, Ausdauer und den hochentwickelten Geruchssinn des Hundes zunutze. Einige Hunde, beispielsweise die Greyhounds, wurden auf Schnelligkeit und die Jagd mit den »Augen« gezüchtet. Andere, die Beagles, auf Ausdauer und die Jagd mit der »Nase«, um der Beute auf der Fährte zu bleiben. Da viele wehrhafte Tiere unter Felsen oder in

Erdlöchern lebten, brauchte man auch weniger große und hochbeinige Hunde, deren Stärken ihre Zähigkeit und Härte waren. Sie konnten dann, auch wenn sie eine Beute nicht töteten, sie doch zumindest so lange in Schach halten, bis der menschliche Jäger an Ort und Stelle war. Ein Beispiel dafür sind die Terrier.

Apportieren

Mit dem Jagdtrieb verknüpft ist eine sehr nützliche Hunde-Eigenheit: Jagende Wildhunde fressen ihre Beute selten an Ort und Stelle, sondern schleppen sie zu ihrem Lager. Dieses mit dem Jagdtrieb verknüpfte »Apportieren« hat sich der Mensch zunutze gemacht. Es befähigt etwa einen Polizeihund dazu, seinen »Mann« zu stellen, ohne ihm ein Haar zu krümmen. Von seinen natürlichen Trieben her besteht zwischen diesem Polizeihund und einem Fuchs, der ein Huhn davonschleppt, keinerlei Unterschied. Der Polizeihund hat nur gelernt, nicht zuzupacken. Es handelt sich also um eine Variante des Jagdtriebes, die den Hund dazu befähigt, eine Beute zu stellen und zu seinem Herrn zu bringen. Und das kann auch die Zeitung sein.

Dressur lenkt den Instinkt in Bahnen

Einige jagende Hunderassen haben die Angewohnheit, ihre Beute in weitem Bogen zu überholen und sie dem nachfolgenden Rudel entgegenzutreiben. Auch dieses Verhalten ist also eine Variante des Jagdtriebes. Der Mensch wählte nun solche Hunde für seine Zwecke aus, die eine größere Neigung hatten zu treiben, als zu töten – und schon war mit Hilfe von Dressur und Zuchtauswahl der Hütehund von Schaf- und Rinderherden geboren. So manchem Schäferhund und Collie scheint die Neigung zum Zupacken völlig zu fehlen. In der Regel schlummert aber ein Rest des Jagdtriebes in jedem Hund und wird lediglich durch die Dressur im Zaum gehalten.

Wenn sich Hundehalter darüber beklagen, daß ihr Hund Schwierigkeiten macht, ist oft genug der wiederentdeckte, im Tier schlummernde Jagdtrieb die Ursache dafür. Vielleicht hat es herausgefunden, wie wunderbar es ist, Nachbars Katze zu jagen. Oder der Hund bringt – wenn Sie auf dem Land wohnen – die Hühner vom Bauern in der Nachbarschaft in arge Bedrängnis. Das dürfte Sie ja nun bei allem, was Sie über das Wesen des Hundes gehört haben, kaum mehr wundern. In den meisten dieser Fälle versäumt man beim Aufflackern des Jagdtriebes, dem Hund Grenzen zu setzen, und das wäre Ihre Aufgabe als »Rudelführer«, als der Sie sich hoffentlich Ihrem Tier gegenüber präsentieren. Daß sie sich führen lassen, ist ja gerade die Fähigkeit der Hunde, die sie zu so vorzüglichen Gefährten macht.

Der Mensch ist Rudelführer

Auch diese Fähigkeit hat eine natürliche Verankerung: den **Rudelinstinkt,** der bei einem Hund genauso ausgeprägt ist wie der Jagdtrieb. Die meisten Wildhundarten jagten und jagen in Rudeln und ordnen sich dabei einem Leithund unter. Die Rolle dieses Leithundes, eben des Rudelführers, hat nun aber der Mensch übernommen. In der jahrtausendelangen Bindung an ihn hat der Hund die Gefolgschaftstreue auf seinen zweibeinigen Herrn übertragen. Der Mensch muß nun dem Hund zeigen, was er darf, wie weit er gehen kann und wo seine Grenzen sind. Funktioniert dieser »Erziehungsdialog«, so dürfte es keine Schwierigkeit sein, dem Hund klarzumachen, daß Nachbars Katze in Frieden zu lassen ist. Wer aber Unterlassungssünden begeht und nicht bei den *ersten* unerwünschten Jagdgelüsten Grenzen setzt, muß sich nicht wundern, wenn sein Hund dem Jagdtrieb freien Lauf läßt. Er kommt dann auf den Geschmack, und es wird für Sie zunehmend schwieriger, Ihren Willen bei ihm durchzusetzen. Vielleicht respektiert Ihr Hund dann Gebote und Verbote nur noch, wenn Sie persönlich anwesend sind.
Macht ein Hund Schwierigkeiten, ist also der eigentlich Schuldige meistens sein Halter, weil er ihm erlaubte, dem natürlichen Instinkt zu folgen, ohne erzieherisch einzugreifen. Dem Jagdtrieb von Anfang an Zügel anzulegen ist natürlich wesentlich leichter, als ihn aufflackern zu lassen und einzudämmen.

Erziehungsschwächen haben Folgen

Meist gilt die Regel, daß sich ein unerwünschter Trieb bei einem Hund um so stärker ausprägen wird, je früher er sichtbar wird. Jagdhundwelpen beginnen oft schon früh, alles zu apportieren und wegzuschleppen, was ihnen in den Weg kommt. Terrierwelpen fangen oft schon im Alter von zwei Monaten mit zuweilen handfesten Raufereien an. Wie gehen nun die meisten Hundehalter in dieser frühen Phase mit ihren Hunden um? Da gibt es einmal diejenigen, die den Trieben ihrer Hunde freien Lauf lassen. Man muß sich dann nicht wundern, wenn ein Hund auch jagt, was nicht erlaubt ist, eben Nachbars Katze oder Hühner usw. Die andere Möglichkeit, einen Hund nur noch streng an der Leine ausgehen zu lassen, führt meist zu dem Ergebnis, daß er reizbar, unberechenbar und neurotisch wird, weil er keinerlei Ventil für seinen

Tatendrang hat. Was man dann tun kann? Genauso stark wie der Drang eines Hunds, seinem Jagdtrieb zu folgen, ist ja auch seine Bereitschaft zur Zusammenarbeit, die auf dem Rudelinstinkt basiert. Diese Qualität macht ihn schließlich zu einem der beliebtesten und nützlichsten Haustiere.

Leithund oder Rudeltier

Der Rudelinstinkt ist der Grund dafür, daß junge Hunde sich gerne älteren unterwerfen, sie als Führer anerkennen und die gleichen Verhaltensweisen entwickeln. Wie gesagt, Hunde übertragen die gleiche Anhänglichkeit auf Menschen. Für den Hund ist der Mensch dann sein »Führer«, von dem er wissen will, »wo es lang geht«.

Der Rudelinstinkt hat zwar keine Auswirkung darauf, was ein Hund lernen kann und wie begabt er ist, aber sehr viel darauf, wie leicht er lernt. Und das ist von Rasse zu Rasse und von Hund zu Hund unterschiedlich. Schwerer erziehbar als ein anderer Hund ist sicher der Kleine, der auf jeden Kontakt und jede Anhänglichkeit pfeift und stolz davonspaziert. Die Dressur solcher Hunde ist wesentlich aufwendiger, es handelt sich in solchen Fällen um einen geborenen Leithund. Meist sind das besonders intelligente und ausgeprägte Hundepersönlichkeiten, und man kann sich glücklich schätzen, so einen Hund als Gefährten zu gewinnen. Nur die Erziehung dieser Hunde ist eine größere und schwierigere Kunst und daher nicht jedermanns Sache. Eine andere Mentalität besitzen kleine Welpen, die sich danach drängen, gestreichelt zu werden und anhänglich zum Kontakt auffordern. Genauso wie das selbstbewußte Verhalten des potentiellen Rudelführers zeigt sich dieser mit dem Rudelinstinkt verbundene Hang zur Unterwerfung schon früh im Welpenleben des Hundes. Wer aufmerksam hinsieht, dem dürfte es daher nicht schwerfallen, die zu ihm passende Hundepersönlichkeit zu finden.

Konsequenz ist vom Hund gewünscht

Wer etwas gegen konsequente Erziehungsmaßnahmen bei Hunden hat, kann also getröstet werden – Erziehung ist im Hundesinn keinesfalls grausam, sondern entspricht sogar seinem natürlichen Bedürfnis. Man muß nur wissen, wie. Viele Züchter haben auch die Erfahrung gemacht, daß ihre Hunde weniger an dem hängen, der sie ernährt und pflegt, als an ihrem Ausbilder, eben dem Leithund. Und ein Ausbilder kann schon früh im Leben eines Hundes sowohl den Jagdinstinkt als auch den Hang zur Unterwerfung fördern oder bremsen.

Das »Katzenfangspiel« und wie es unterbunden wird

Der Rudelinstinkt beinhaltet noch eine weitere Komponente, die man kennen sollte: Die meisten Haushunde krümmen einer Katze kein Haar, selbst wenn sie sie jagen. Vielleicht haben Sie es schon einmal beobachtet – meist wirkt das Ganze wie ein harmloses Spiel. Der Hund bellt, die Katze läuft davon, der Hund hinterher, dann bleibt die Katze stehen, genauso der Hund, und so weiter. Zuweilen kommt es nicht einmal mehr zu diesem Spiel, weil sich Hund und Katze im gemeinsamen Haushalt vollkommen aneinander gewöhnt haben. Wehe aber, wenn der Hund einmal alleine unterwegs ist, Nachbars Harro begegnet und sie beide zusammen das Katzenfangspiel beginnen. Dann ist es leicht möglich, daß der Rudelinstinkt, das Zusammengehörigkeitsgefühl (»Gemeinsam sind wir stark!«) den schlummernden Jagdinstinkt voll entfacht und beide über die Katze herfallen. Das Verhalten eines Hundes im Rudel wird von Herrchen manchmal nicht wiedererkannt – der brave Gefährte kann dann zum wilden Jäger werden. Solange allerdings der Mensch als Rudelführer, als Betreuer auch mehrerer Hunde, jede Katzenhatz systematisch unterbindet, wird es dazu auch in seiner Abwesenheit nicht kommen.

An dieser Stelle will ich gleich mit einem alten Vorurteil aufräumen: dem von der alten Feindschaft zwischen Katze und Hund. Der Hund jagt aufgrund seines Triebes genauso gerne Katzen wie Geflügel oder andere Tiere. Nur begegnet der durchschnittliche Stadt-Haushund logischerweise öfter Katzen als Hühnern. Außerdem gibt es genug Hundehalter, denen es gefällt, wenn ihr Hund scheinbar spielerisch Katzen jagt, vielleicht, weil sie selbst keine Katzen mögen oder weil sie es lieben, wenn sich ihr Hund einmal von seiner wilden Seite zeigt. Es sei noch einmal gesagt: Ihr Nachbar liebt wahrscheinlich seine Katze ebenso wie Sie Ihren Hund, zudem ist ein entfachter Jagdtrieb nur schwer wieder unter Kontrolle zu bringen. In vielen Haushalten leben Hunde und Katzen einträchtig nebeneinander und miteinander.

Der 6. Sinn des Hundes

Der **Beschützerinstinkt:** Der Hang eines Hundes, seinen Herrn und dessen Eigentum zu beschützen, ist für viele Menschen zweifellos einer seiner größten Vorzüge. Auch das beruht auf nichts anderem als einem instinktgebundenen Trieb des Hundes, nämlich sich selbst, aber auch sein Rudel und dessen Lager und alles, was dazugehört, zu beschützen und zu verteidigen. Und was das betrifft, haben viele Hunde sehr feine Antennen, man könnte fast schon sagen, sie hätten einen sechsten Sinn für gefährliche Situationen.

Aggressivität muß nicht Wachsamkeit bedeuten

Ein Hund muß nicht aggressiv und scharf sein, um seinen Herrn, dessen Haus und Familie zu beschützen. Solche Hunde, besonders auch dressierte Wachhunde, müssen gut im Zaum gehalten werden; dazu braucht man eine gute Hand für Hunde, viel Zeit, Ruhe und ausreichende Kenntnisse. Weniger aggressive und nicht ausgebildete Hunde können ebensogut ihre Wachaufgabe erfüllen. Dazu gehört natürlich, daß ein Hund bellt, denn das wird die meisten Einbrecher abschrecken. Nutzlos als Beschützer sind Hunde, die zwar bellen, aber sich dann schnellstens hinter ihrem Herrchen verstecken, oder die nur bellend umherrasen. Ein guter Hund postiert sich zwischen seinen Herrn und einen Fremden.

Oft denkt man, daß ein Hund um so besser als Wachhund geeignet sei, je rauflustiger er ist. Das ist ganz und gar nicht der Fall. Es gibt hervorragende Wachhunde, die nicht die geringste Rauflust zeigen. Vielleicht wissen sie auch schon aus eigener Erfahrung, welche Probleme die Rauflust mit sich bringt.

Rauflust kann verschiedene Ursachen haben

Verschiedene Gründe können einen Hund zum Raufbold machen:

- Die Rangordnung wird festgelegt.
- Der Beschützerinstinkt bringt einen Hund dazu, einen anderen anzugreifen, sobald dieser seinem Herrn und dessen Eigentum zu nahe kommt.
- Ein Hund greift einen anderen aus Angst an, um dessen Angriff zuvorzukommen.
- Zwei Hunde raufen aus Freude am Kampf.

Hunde müssen ihre Randordnung festlegen

Hunde legen in Kämpfen ihre Rangordnung fest. Dabei sollten Sie lieber nicht eingreifen, in der Hektik könnten Sie unbeabsichtigt einen Schnapper abbekommen. Außerdem – ist die Rangordnung erst einmal festgelegt und hat sich der unterlegene Hund unterworfen, ist diese Art von Kampf vorbei. Stoppen Sie die Auseinandersetzung vorzeitig, bewirken Sie nur deren Vertagung, und das Gerangel geht das nächste Mal weiter. Und noch etwas spricht dafür, nicht einzugreifen: Auch wenn die Bellerei und Schnapperei zweier Hunde bedrohliche Ausmaße anzunehmen scheint, kommt es nur selten zu ernsthaften

Verletzungen. Anders ist dies mit Hunden, die aus Kampfeslust raufen. Läßt man dies immer wieder zu, entwickeln sich diese Hunde zu üblen und nur schwer zu bremsenden Raufbolden. Wir haben ja bereits davon gesprochen, was geschieht, wenn man den Trieben und Instinkten eines Hundes freien Lauf läßt. Ein Hundehalter sollte daher seinen Hund derartigen Versuchungen nicht aussetzen. Denken Sie nur daran, wie wenig selbst wir »erwachsenen« Menschen – mit all unserer Moral und allen anerzogenen Barrieren – auftretenden Versuchungen widerstehen können. Kann man das dann von einem Hund erwarten?

Angst erzeugt Aggression

Manchmal beginnen Hunde »den Kopf zu verlieren« und tückisch zuzuschnappen oder gar um sich zu beißen. In den meisten Fällen hat das mit zwei Dingen zu tun: mit **Angst und Nervosität.** Dabei muß man allerdings unterscheiden zwischen eigenwilligen Hunden, die sich einfach nicht von jedem anfassen lassen, temperamentvollen Hunden, denen aufgrund ihres Temperamentes Reflexschnapper passieren, und ängstlichen Hunden, die bei dem Anblick eines Unbekannten in Angst und Schrecken geraten und dann möglicherweise die Flucht nach vorne wählen, nämlich den Angriff. Selbst bissige und bösartige Hunde werden allerdings nur selten einen Menschen angreifen, der keine Angst vor ihnen hat. Hunde haben sehr feine Antennen dafür, ob ein Unbekannter vor ihnen Angst hat oder nicht, und sind kaum darüber zu täuschen. Das ist der Grund für die wohl allseits bekannten Geschichten, in denen sich gerade als besonders bösartig bekannte Hunde Kindern, Verrückten oder Betrunkenen gegenüber vollkommen friedlich verhalten. Sie haben einfach keine Angst, und das schützt sie. Außerdem reizen sie das Tier nicht, schreien es nicht an, bestrafen es nicht ohne Grund, und – der häufigste all dieser Fehler, die von Hundebesitzern so oft gemacht werden – sie drohen dem Tier nicht. Gleichwohl ist mit so einem Hund nicht zu spaßen, und man sollte sich als Fremder von ihm fernhalten. Kommt nun noch Nervosität und Ängstlichkeit dazu, wird jeder Hund unberechenbar.

Drohen macht den Hund unsicher und ängstlich

Zu Problemen kann es auch kommen, wenn ein Hund zwar einen ausgeprägten positiven Beschützerinstinkt aufweist, aber einen ängstlichen Charakter besitzt. Der Hund will dann möglicherweise aus gesundem Instinkt beschützen, seine Ängstlichkeit aber erlaubt es ihm nicht, so lange zu warten, bis ein Einsatz wirklich notwendig ist. Seine Angst veranlaßt ihn dazu, dem anderen zuvorzukommen. In der Regel wird ein ängstlicher Hund zwar davonlaufen, er kann aber auch schon einmal in einem Panikanfall einen Unbeteiligten beißen. Stellen Sie daher bei einem Hund, den Sie erwerben wollen, ängstliche und nervöse Tendenzen fest, ist von einem Kauf abzuraten, besonders, wenn Sie den Hund in der Stadt halten wollen. So wohl sich ein nervöser Hund auf dem Land noch fühlen kann, in der Stadt mit ihrem Straßenverkehr, den Bussen, dem Menschengewimmel und dem von Hektik geprägten Leben wird sich jede nervöse Tendenz verstärken. Man tut dem Hund sicher keinen Gefallen damit, ihm das Leben auf diese Weise zur Hölle zu machen. Gemütskranke Hunde gibt es schon mehr als genug. Das sind dann neben den genannten nervösen Charakteren beispielsweise auch Hunde mit starkem Unternehmungsdrang, die zu Hause eingesperrt werden, oder überempfindsame Hunde in einem Haus voller lärmender Kinder oder mit einem jähzornigen Herrn. Derartige Gemütsverwirrungen können sich mit einem Wechsel der Umgebung allerdings wieder verlieren.

Nervöse Hunde sind keine Stadthunde

Wenn Sie sich entschließen, einen Hund zu erwerben, sollte er also weder bösartig noch nervös sein und schon gar nicht beide Charaktereigenschaften in sich vereinigen. Dazu kommt noch, daß der Hund auch zu Ihnen passen sollte. Genauso wie jemand mit einem reizbaren Temperament durch einen unruhigen Hund vermutlich noch mehr irritiert wird, wird den Hund ein nervöses Temperament seines Herrn sicher noch schreckhafter und möglicherweise neurotisch machen. Derselbe Hund könnte aber bei einem gelassenen Herrn seine Neigung zur Nervosität überwinden und zu einem »verständigen« Geschöpf werden. Diese Wechselwirkungen, besonders die Wirkung vom Menschen auf den Hund, werden leider oft übersehen.

Ein Blick in Hundeaugen

Ob ein Hund einen nervösen Charakter besitzt, ist bedauerlicherweise auch für Fachleute nicht leicht festzustellen. Eine gute Informationsquelle über Charakter und Wesen eines Hundes können Stammbaum und Herkunft sein, soweit Sie objektive Informationen über die Vorfahren des Tieres Ihrer Wahl erhalten können. Weitere Anhaltspunkte sind Blick und Auftreten des Hundes: Sieht er Sie frei und offen an, oder weicht er Ihrem Blick aus und wirkt wie jemand, der ein schlechtes

Gewissen hat. Oder meinen Sie, etwas Listiges und Verschlagenes zu erkennen hinter seinem treuherzigen Blick? Selbstverständlich kann man sich in seinem Urteil täuschen, besonders wenn man als Anfänger noch wenig Erfahrung mit Hunden besitzt. Lieber aber sollte man auf alle verfügbaren Informationen und auch gefühlsmäßigen Ahnungen hören, als das Risiko einzugehen, die eigenen Erziehungskünste zu überschätzen. Aber nicht nur nervöse Hunde brauchen mehr Aufmerksamkeit und wohlwollende Führung von Ihrer Seite her, sondern auch alle temperamentvollen Hundecharaktere.

Platz- und Revierverhalten

Eine Eigenschaft der Hunde ist noch von Interesse: der **»Stalltrieb«.** Dieser Instinkt ist der Grund dafür, daß Hunde leicht dazu gebracht werden können, eine Zimmerecke oder einen Korb als ihren Platz anzunehmen und nirgendwo sonst zu liegen. Auch ermöglicht er es, daß Hunde sich nur innerhalb Ihres Grundstückes bewegen, obwohl sie vielleicht den Zaun ohne weiteres überspringen könnten. Und schließlich hat er schon so manchen Hund, der sich verlaufen hatte oder ausgesetzt wurde, viele Kilometer weit zurück nach Hause geführt.

Der »Bauplan« des Hundes

Körperregionen und Knochengerüst des Hundes

Ein Minimum an Wissen über die Anatomie und die wichtigsten Körperfunktionen eines Hundes sollten Sie besitzen, wenn Sie, wo es möglich ist, im Krankheitsfall Ihrem Hund Erste Hilfe leisten oder ihn selbst behandeln wollen.
Abbildung 2 zeigt Ihnen die Körperregionen des Hundes, Abb. 3 seinen Kopf und Abb. 4 das Gebiß.

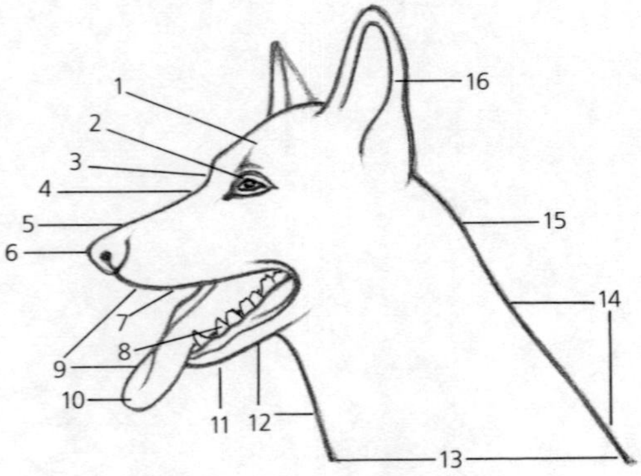

1. Oberkopf
2. Auge
3. Stirn
4. Stirnabsatz oder Stop
5. Nasenrücken
6. Nasenspiegel
7. Lefzen
8. Zähne
9 Fang
10. Zunge
11. Unterkiefer
12. Kehlrand des Halses
13. Hals
14. Nackengegend des Halses
15. Genick
16. Ohr

Abb. 2: Der Kopf des Hundes

Den Körper eines Hundes teilt man ein in: Kopf, Hals, Rumpf mit Brust, Bauch, Becken und Rute; Vorhand mit Schulter, Vorderbrust, Vorderbeinen und Vorderpfoten; die Nachhand mit Kreuz, vorderem Beckenrand, Hinterbeinen und den hinteren Pfoten.

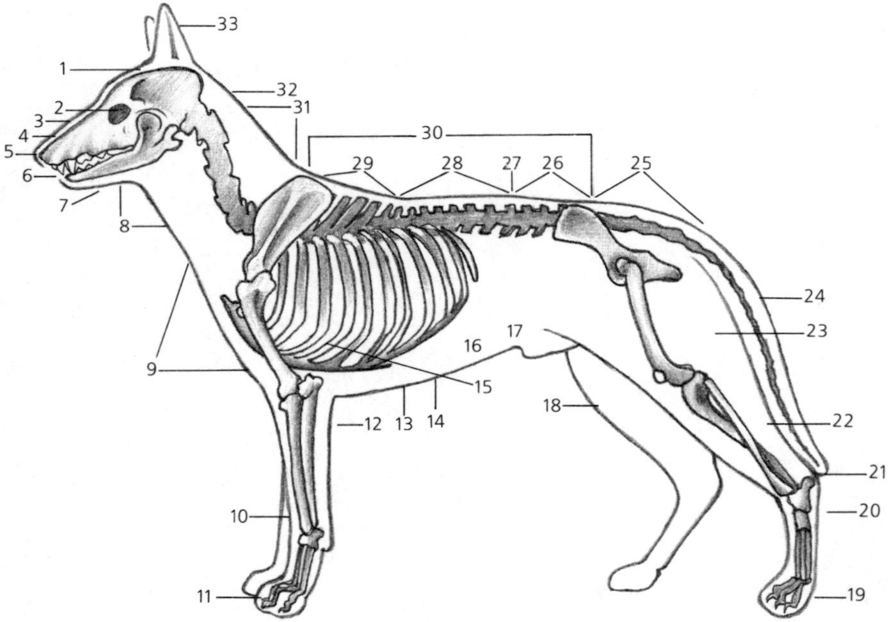

1. Kopf
2. Auge
3. Stop
4. Nasenrücken
5. Nase
6. Fang
7. Unterkiefer
8. Kehlrand des Halses
9. Vorderbrust
10. Unterarm
11. Vorderpfote
12. Ellenbogen
13. Unterbrust
14. Unterbauch
15. Schulterpartie
16. seitliche Bauwand
17. Flanke
18. Kniegelenk
19. Hinterpfote
20. Sprunggelenk
21. Fernsenhöcker
22. Unterschenkel
23. Keule
24. Rute
25. Kruppe
26. Lenden- und Nierengegend
27. Rückendelle
28. eigentlicher Rücken
29. Widerrist
30. Rücken im weiteren Sinn
31. Nackengegend des Halses
32. Genick
33. Ohren

Abb. 3: Die Körperregionen des Hundes

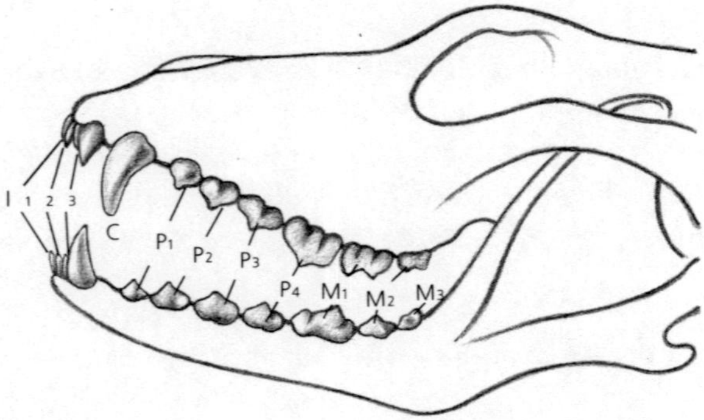

Zeichenerklärung:
I 1, 2, 3 = Schneidezähne (Incisivi)
C = Eckzähne (Canini)
P 1, 2, 3, 4 = vordere Backenzähne (Prämolaren)
M 1, 2, 3 = hintere Backenzähne (Molaren)

Abb. 4: Das Gebiß des Hundes

Das *Milchgebiß* enthält 28 Zähne, das *Dauergebiß* 42 Zähne. Veränderungen an den Schneidezähnen lassen auf das Alter des Hundes schließen, wie Sie an folgender Tabelle ablesen können (Lilie = Form der Krone des Zahnes).

Tabelle 1: Altersbestimmung durch Zahnabrieb und -ausfall*

Schneidezähne		Alter
Ist die Lilie abgerieben		
an der Zange des Unterkiefers	$= I_1$	1½ Jahre
am Mittelzahn des Unterkiefers	$= I_2$	2½ Jahre
an der Zange des Oberkiefers	$= I_1$	3½ Jahre
am Mittelzahn des Oberkiefers	$= I_2$	4½ Jahre
am Eckzahn des Unterkiefers	$= I_3$	5½ Jahre
am Eckzahn des Oberkiefers	$= I_3$	6 Jahre
sind die Fangzähne angerieben		10 Jahre (ungefähr)
Ausfall der Zangen		10 - 12 Jahre
Ausfall der anderen Schneidezähne		12 - 16 Jahre
Ausfall der Fangzähne		über 16 Jahre

* nach BERG, CHRISTOPH und KOLB

Die Körperfunktionen Puls, Temperatur und Atmung

Die Untersuchung Ihres Hundes auf eventuelle Krankheiten und Störungen der Körperfunktionen beginnt im allgemeinen mit der Feststellung von Puls, Körpertemperatur und Atmung. Die Zahlen in der Tabelle sind Richtwerte. Wenn Sie Werte messen, die darüber oder darunter liegen, deutet dies auf eine Erkrankung hin.

Tabelle 2: Übersicht über die wichtigsten Körperfunktionen

		Mittelwerte	Grenzwerte
Puls	*Pulsschläge pro Minute*		
	Junge Hunde	120	100 - 140
	Große erwachsene Hunde	80	70 - 90
	Kleine erwachsene Hunde	115	110 - 130
Temperatur	*Körpertemperatur*		
	Kleine Rassen	38,8°C	38,5 - 39,0°C
	Große Rassen	38,0°C	37,4 - 38,5°C
Atmung	*Atemzüge pro Minute*		
	Junge Hunde	21	20 - 22
	Erwachsene Hunde	17	16 - 18
	Alte Hunde	15	14 - 16
	Große Rassen	15	10 - 20
	Kleine Rassen	25	15 - 30

Den *Puls* können Sie an der Innenseite des Oberschenkels fühlen, an der Oberschenkelarterie (Arteria femoralis).
Die *Körperinnentemperatur* messen Sie am besten mit einem elektronischen Thermometer, eine Minute lang im After eingeführt. (Ein normales Thermometer braucht 2 - 3 Minuten, um korrekt anzuzeigen – ein Zeitraum, der dem Hund bei aller Geduld zu lang erscheint.)
Die *Atemzüge* sollten Sie im Ruhezustand zählen.

Vom rechten Umgang mit dem »besten Freund des Menschen«

Mensch und Hund

Was tut ein Mensch, ob Mann oder Frau, wenn er ein guter Rudelführer in der Welt der Hunde werden möchte? Nun, der Ton macht die Musik. So einfach ist das.

Der Ton macht die Musik

Wenn der »Ton« stimmt und wenn Sie in Ihren Handlungen konsequent bleiben, dann läßt sich Ihr Gefährte vieles, fast alles, gefallen. Niemals darf er Erfahrungen machen, die ihm das Gefühl geben, unter bestimmten Voraussetzungen werde man ihm etwas »durchgehen« lassen, etwa bei einem gereizten Knurren oder einem bettelnden Gewinsel. Wichtig ist Ihre Stimme: Allein ihr Klang wirkt auf ihn beruhigend, drohend, liebevoll oder einschüchternd. Zuneigung, Treue und Anhänglichkeit können Sie allein durch Ihre Stimmlage wecken, durch eine freundliche und gleichmäßige Tonhöhe.

In vieler Hinsicht wirken Hundereaktionen menschlich, aber das liegt nur daran, daß auch wir häufig ausschließlich instinktiv handeln. Hunde handeln immer instinktgeleitet.

Vergessen Sie auch nicht: Ein abgerichteter Wachhund gehört nur an die Seite eines Menschen, der im Umgang mit einem solchen Hund erfahren ist! Man würde ja auch niemandem ein Gewehr in die Hand drücken, der nicht das entsprechende, verantwortungsbewußte Wissen darüber mitbrächte und einen legalen Zweck nachweisen könnte.

Es gibt aber auch zahlreiche Geschichten über vorher zahme Haushunde, die – wie es dann so schön heißt – »plötzlich und aus unerklärbarem Grund« zu beißen beginnen. In den allermeisten Fällen jedoch liegt die Ursache in einem mangelnden Verständnis des Hundehalters was den Umgang mit Hunden betrifft, oder in seinem Charakter und seinem Verhalten dem Tier gegenüber. Selbst ein nervöser Hund, womöglich noch mit Leithundcharakter, beißt selten, wenn nicht noch andere Gründe hinzukommen.

Bissigkeit hat Gründe

Hier einige mögliche Ursachen dafür, daß Hunde bissig werden:

- Tollwut (selten, siehe auch Seite 73);
- falsche Erziehung mit Zwang, Schlägen und Drohungen;
- ständige schlechte Behandlung, wie
mangelhafte Ernährung,
fehlender Auslauf,
ständige Zwingerhaltung,
überwiegende Zeit des Tages allein zu sein;
- Eifersucht auf die Kinder des Hundehalters (wenn der Hund als Rudelmitglied vernachlässigt wurde und die Rudelpositionen nicht klar abgesteckt wurden – ein Erziehungsfehler);
- Mißverständnis kindlichen Verhaltens – aus Spiel wird Kampf (temperamentvolle Hunde neigen zu harmlosen Schnappern, ansonsten wurde zuwenig auf die Rudelhierarchie geachtet. Der Hund weiß nicht, daß er Kinder nicht als gleichwertig zu betrachten hat – auch das ist ein Erziehungsfehler. Wenn Kinder im Haus sind, sollten sicherheitshalber nur kinderfreundliche Hunde angeschafft werden);
- Abwehrverhalten, wenn ein Hund sehr müde ist oder in die Enge getrieben wurde. (Auch in diesem Fall würde ein gut erzogener Hund allerdings keinesfalls beißen.)

Eine richtige Hunde-Erziehung hilft also, von vornherein Schwierigkeiten zu vermeiden.

Erziehung ja – aber wie?

Um einem Hund das Notwendigste beizubringen, braucht man nicht nur einige Begabung und natürliches Gespür, sondern auch Wissen und Geschick. Vieles hängt aber auch von der »Intelligenz« des Hundes ab. Es gibt viele anhängliche Hunde, die gerne bereit sind, sich zu unterwerfen, und sich redlich bemühen, eine gestellte Aufgabe zu erfüllen, diese aber eher schlecht als recht bewältigen können. Intelligente Hunde dagegen haben oft weniger Neigung, sich zu unterwerfen, und sind eigenwilliger. Man kann ihnen aber klarmachen, daß es zu ihrem eigenen Vorteil ist, zu gehorchen. Solche Hunde sind eher Führer als Gefolgsleute und brauchen eine festere Hand als andere. Schaffen Sie es, einen solchen Hund zum Gefährten zu gewinnen, werden Sie besonders viel Freude mit und an ihm haben. Aber auch ansonsten gibt jeder gut erzogene Hund die aufgewendete Mühe sein Leben lang zurück. Grundsätzlich ist jeder gescheite Hund bestrebt, Wohlverhalten zu zeigen.

Intelligenz und Gehorsam

Heutzutage empfinden viele Menschen einen tiefsitzenden Widerwillen, wenn Sie das Wort Erziehung oder gar Dressur hören. Einmal liegt der Grund dafür sicher in der eigenen Vergangenheit. Man setzt Erziehung mit all dem gleich, was man nicht tun darf, aber doch so gerne tut, und wer von uns hat das schon gern. Dieses Gefühl ist menschlich und durchaus verständlich. Wir vergessen dabei, daß wahre Erziehung nicht willkürliche Einschränkung von Bewegungsfreiheit ist, sondern im Idealfall ein weises Vorbereitetwerden auf die Zukunft mit all ihren Fährnissen und Gefahren, auf der Basis der Einsicht, daß dieses Leben – für Mensch und Tier – auf dem Zwang und dem Vorrecht zum Miteinander beruht. Zugegeben, nur wenige von uns haben eine solche Erziehung genießen dürfen – eine Erziehung, die auf Liebe gründet und damit fähig wird, eine *zwanglose, natürliche Selbstdisziplin* aufgrund von *Einsicht* einzupflanzen.

Erfolgreiche Erziehung gründet auf Liebe

Dazu kommt noch die in bezug auf Hunde weitverbreitete Ansicht, Dressur sei etwas Unnatürliches. Eine Folge davon ist, daß die früher übliche, harte Prügeldressur von Hunden einer fast antiautoritären Sentimentalität gewichen ist. Natürlich ist dies »gut gemeint«, aber viele Problemhunde sind nur deshalb zu Problemhunden geworden, weil falsch mit ihnen umgegangen wurde. Und falsch bedeutet eben auch: zuwenig Erziehung. Außerdem dürfte aufgrund dieses Mißverständnisses auch die Lebenserwartung des Tieres, das vor lauter allzu liebevoller Umsorgung rund und dick wurde, auf die Hälfte sinken.

Erziehung hat heute nichts mehr mit der früher üblichen Prügelmethode zu tun. Konsequenz allerdings muß sein. Ein Hund ist gänzlich verwirrt, wenn er heute etwas darf, was er morgen nicht mehr darf. Wenn er beispielsweise die Tochter des Hauses ungestraft anknurren darf, wenn sie ihm den Futternapf wegnimmt, braucht man sich nicht zu wundern, wenn sich das tags darauf zu einem leichten Schnapper steigert. Der Hund fühlt sich Ihrer Tochter dann schon gleichwertig, er ist nicht mehr das unterste Glied in der Rangfolgekette Ihrer Familie. Das aber sollte er sein.

Regeln ohne Ausnahme

Und was ist mit dem Argument, Hunde sollten sich »natürlich« verhalten können, mit dem derartige Schnapper zuweilen gerechtfertigt werden? Der Hund ist schon lange kein Wildhund mehr; dieser würde wohl kaum mit Ihnen vor dem Kaminfeuer sitzen und sich dabei auch noch wohl fühlen. Vielen Hunden bereitet es sogar Freude, ihrem Herrn und Leithund einen Gefallen zu tun. Auf alle Fälle aber entspricht es ihrem Rudeltrieb, sich der Autorität gegenüber wohlzuverhalten. Vernachlässigt man es, als »Herr« aufzutreten, braucht man sich über die folgenden Schwierigkeiten nicht zu wundern. Eine falsch verstandene, »natürliche Hundeerziehung« bedeutet im Klartext, daß sich die Zahl der Hundestreuner vermehren wird, daß die Triebe bei vielen Hunden außer Kontrolle geraten und damit Zwischenfälle programmiert sind – der Hund wird dann nicht mehr gehorchen – und daß dann schließlich nervöse und verwilderte Hundecharaktere überhandnehmen, die nichts mehr mit einem »treuen Diener des Menschen« zu tun haben. Denken Sie daran, daß wilde Tiereltern ihre Jungen auch erziehen, und zwar oft mit einer spielerischen »Härte«, in der für Zweideutigkeiten nicht der geringste Raum ist.

Hundeerziehung schließt Zweideutigkeiten aus

Nicht vergessen darf man bei jeder Erziehung, daß es grausam ist, von einem Tier etwas zu verlangen, was ihm unmöglich ist. Und es gibt diesbezüglich große intelligenzmäßige und körperliche Unterschiede bei Hunden. Eine ganze Nacht trocken zu bleiben ist für ein Hundebaby unmöglich. Und vergessen Sie vor allem das nicht, wenn Sie wirklich etwas von Ihrem Hund über Hunde lernen wollen: Ein Hund ist kein Mensch. Vergleiche und Rückschlüsse sind daher nur bedingt möglich.

Wie Hundeerziehung funktioniert

Hunde orientieren sich an Körpersignalen (beschwichtigende Handbewegung, Griff zur Leine), am Tonfall und an den Wortlauten, die sie mit bestimmten Dingen zu verknüpfen gelernt haben. Daher ist klar, daß sie eine logische Erklärung, wie »Ich bin im Moment zu müde, um mit dir spazierenzugehen«, nicht verstehen können. Und wenn Sie mit erregter Stimme sagen: »Bleib ganz ruhig!«, werden Sie sich in Zukunft sicher nicht mehr wundern, wenn dies nicht den geringsten oder sogar den gegenteiligen Effekt hat.

Die erste Erfahrung prägt

Hunde verstehen keine Worte, sie registrieren nur Töne und den Tonfall. Diesen Tonfall verbinden sie dann mit angenehmen Erfahrungen, wie Lob, oder unangenehmen, wie Strafe; dabei bleibt die allererste Erfahrung immer am nachhaltigsten hängen. Deshalb ist es auch so wichtig, schon beim ersten oder spätestens zweiten Mal konsequent zu reagieren, wenn Ihr Hund etwas tut, was er aus Ihrer Sicht unterlassen sollte. Auch sollten Sie ein Verhalten, das Sie fördern wollen, gleich belohnen. Durch ein wohlwollendes Tätscheln, einen entsprechenden Klang Ihrer Stimme, beispielsweise ein ruhiges »Brav!«, oder einen Leckerbissen (den Sie allerdings nicht zu häufig und nur in kleinen Mengen einsetzen sollten, wenn Ihnen etwas an der Figur Ihres Hundes liegt). Grundsätzlich gilt: Je länger Sie einem Hund ein Verhalten gestattet haben, das Sie dann wieder korrigieren wollen, desto hartnäckiger wird er daran festhalten. Und das sicher zu Recht. Neigen Sie nicht dazu, eigene Urteile zu fällen und Initiativen zu entwickeln, wenn Ihr Chef von Ihnen heute dies und morgen das Gegenteil verlangt?

Richtiges »Strafen« will gelernt sein

Jetzt taucht die Frage auf, wie man einen Hund überhaupt zur »Vernunft« bringen kann und soll. Darf man schlagen, drohen, schreien? Es gibt verschiedene Abstufungen von Strafen, das heißt von Maßnahmen seines Ausbilders, durch die ein Hund gezwungen wird, etwas zu tun oder zu unterlassen. Wird diese Maßnahme mit einem akustischen oder optischen Signal kombiniert, beispielsweise der Tonlage eines bestimmten Wortes wie »Nein«, lernt ein Hund schnell, daß diese beiden Dinge zusammengehören, und versucht, der Strafe zuvorzukommen, indem er schon auf die Tonlage des Wortes entsprechend reagiert.

Optische und akustische Signale kombinieren

Dem »Nein« muß also in der Lernphase so lange eine Strafe folgen, bis der Hund gelernt hat, auf das »Nein« zu hören. Man beginnt natürlich immer mit der geringstmöglichen Strafe, und das ist beispielsweise ein kleiner Ruck am Halsband. Ein weiteres Lernbeispiel: Um das Sitzen zu lehren, ruft man das Kommando »Sitz« als akustisches Signal und drückt den Hund sanft, aber bestimmt in die sitzende Stellung. Ein kluger Hund wird sich schon nach wenigen Wiederholungen dieser Übung von selbst setzen. Den gleichen Vorgang kann ein Hund auch lernen, wenn Sie ihn mit einer bestimmten Handbewegung oder einem anderen akustischen Signal kombinieren.

Es gibt verschiedenste Arten und Abstufungen von Strafen, angefangen von der kleinen Strafe des dosierten Zuges mit Leine und Zughalsband. Eine Strafe dient dazu, daß ein Hund das macht, was er soll. Eine größere Strafe ist etwa ein besonders starker Zug am Halsband. Niemals darf man strafen, wenn ein Hund unabsichtlich und unbewußt ungehorsam war. Auch nicht, solange er nicht hundertprozentig den Unterschied zwischen richtig und falsch erkennt. Ein Hund, der einmal richtig reagiert hat, kann das aus reinem Zufall getan haben. Er muß noch lange nicht verstanden haben.

Im Zweifelsfall entscheidet man besser für den Hund, sonst wäre man nichts anderes als grausam und ungerecht. Außerdem wäre die Wahrscheinlichkeit groß, daß ein Hund das Vertrauen zu seinem Herrn verliert, und dann hat man einen guten Kameraden verloren. Wenn ein Hund den Grund für die Strafe nicht versteht oder wenn er direkt mit der Hand oder einer Peitsche, einem Stock oder der Leine geschlagen wird – allesamt Maßnahmen, die zur Bestrafung gänzlich ungeeignet sind – kann das zu zwei verschiedenen Konsequenzen führen:

Falsches Strafen führt zu Vertrauensverlust

1. Der Hund wird die Strafe wahrscheinlich mit der Person seines Herrn verbinden, er verliert das Vertrauen, wird ängstlich und nervös.
2. Bei einem mehr eigenwilligen Leithundtyp wirken diese Methoden anders – er fühlt sich herausgefordert, wird lernen, sich aus der Gefahrenzone zu halten und es Ihnen sogar möglicherweise heimzahlen wollen. Die Art der Strafe hat ihn von gleich zu gleich herausgefordert. Niemals sollte man ein Instrument oder gar die eigene Hand zum Schlag gegen den Hund erheben. Ein Hund setzt sonst die Hand mit einem Instrument der Strafe gleich. Er versteht dann irgendwann nicht

mehr, daß Sie ihm mit Ihrer Hand auch Gutes tun wollen, nämlich ihn streicheln oder lobend tätscheln. Wenn man überhaupt einmal schlagen muß, dann muß der Hieb unverzüglich und blitzartig erfolgen.
Wenn schon stärker gestraft werden muß, kann das geschehen

- durch einen strengen Zug am Halsband oder, noch stärker,
- mit einigen ordentlichen Stößen in die Rippen, während man den Hund zu sich hinzieht, oder
- indem man den Hund hochhebt und ihn ordentlich durchschüttelt.

Der Nackengriff als strenge Strafe

Das Hochheben und Durchschütteln eines Hundes ist eine sehr strenge Strafe. Man zeigt ihm auf diese Weise klar, wer der Boß ist, und spricht seinen Unterwerfungstrieb an. Mit dem Schütteln am Nackenfell straft auch der Meuteführer vorwitzige Untertanen und die Hundemutter ihre kleinen Welpen. Keine Angst, wenn Sie den Hund am Kragen hochheben. Nacken und Hals von Hunden sind nicht so empfindlich wie der unsere. Wichtig auch: Der Hund bringt eine Schüttelstrafe niemals mit Ihrer Hand in Verbindung. Die Hand sollte sich für einen Hund immer mit angenehmen Gefühlen verbinden. Schaut man dem Hund, während man ihn straft, noch direkt in die Augen, so ist das eine außerordentlich strenge Strafe. Hunde hassen es, wenn man sie direkt ansieht.
Eine weitere Möglichkeit zu strafen ist, im Moment der Tat mit Gegenständen zu werfen. Der Gegenstand sollte natürlich nicht zu Verletzungen führen können!
Eine für jeden Hund völlig unverständliche Strafe ist Liebesentzug. Er denkt eben nicht in moralischen Kategorien.

Liebesentzug und Prügel: als Erziehung ungeeignet

Die meisten wirklichen Problemhunde sind von ihrem Herrn geprügelt worden – mit der gefalteten Zeitung, einem Stock, einer Peitsche oder der Leine, meist noch verbunden mit Drohgebärden. Der Hund verbindet dann die Strafe nicht mit seinem Vergehen, sondern mit seinem Herrn und verliert das Vertrauen.
Grundsätzlich sollten Sie immer mit der kleinstmöglichen Strafe beginnen und diese nur dann steigern, wenn es notwendig wird.
Etwas anders muß man vorgehen, wenn sich Unarten einzuschleichen beginnen. Hat man etwa das Glück, seinen Hund beim erstenmal zu erwischen, wenn er beispielsweise einem Radfahrer hinterherjagt, straft man lieber hart und schüttelt ihn durch, daß ihm Hören und Sehen vergeht, so daß er dadurch vielleicht schon für immer von seiner Unart

»geheilt« ist. Würden Sie in diesem Fall nur scharf tadeln, wäre mit großer Wahrscheinlichkeit die Jagdfreude Ihres Hundes größer als das Unbehagen über Ihren Tadel, und er würde bei der nächsten Gelegenheit wieder munter hinter einem Radler her sein. Auf Dauer müssen Sie dann mehr und öfter strafen, als wenn Sie gleich konsequent reagiert hätten.

Richtiges Belohnen bewirkt sehr viel

Hunde ausschließlich mit Strafen zu erziehen ist sicher genauso falsch, wie sie einseitig nur mit Belohnungen zu verwöhnen. Beides in einem ausgewogenen Verhältnis und im richtigen Maß, das ist Erziehungskunst. Als Belohnung bieten sich zwei Dinge an: ein gelegentlicher Leckerbissen – am besten aber nur in besonderen Fällen, sonst frißt Ihr Hund möglicherweise nichts anderes mehr – und Lob. Wenn sich Herr oder Frau über den Hund freuen und dem durch ein Lob Ausdruck geben mit »Brav so« oder »Feiner Hund«, zusammen vielleicht mit einem freundschaftlichen Klaps (nicht auf den Kopf, das mögen Hunde nicht), einem Tätscheln oder Streicheln, so setzt das ein Hund in seinem Unterwerfungstrieb damit gleich, daß er »richtig liegt«. Mit einem Lob kann man Hunde auch aus der Entfernung belohnen.

Hunde leben in der Gegenwart, Belohnungen und Strafen, die mit der Zukunft oder Vergangenheit zu tun haben, sind daher völlig fehl am Platze. Eine späte Strafe – Ihr Hund hat nachmittags beispielsweise eine Katze gejagt, und Sie knuffen ihn dann, wenn er schon wieder friedlich vor der Heizung liegt – kann ein Hund nicht mehr mit seinem schon zurückliegenden »Vergehen« in Verbindung bringen. Der Strafzug ist dann sozusagen schon abgefahren.

Zeitversetztes Strafen oder Loben ist falsch

Beide Erziehungsmaßnahmen müssen in dem Moment einsetzen, in dem ein Hund das Richtige oder Falsche vorhat, oder wenn er es gerade tut. Danach folgt ein Hund schon wieder etwas anderem, so daß er Lob oder Tadel dann damit verbindet. Wenn Sie beispielsweise Ihren Hund für das Jagen eines Kaninchens strafen, wenn er schon wieder schwanzwedelnd zurück ist, kann es sein, daß sein Verständnis in die falsche Richtung läuft. Bevor er zurückkam, hatte er ja den Impuls zurückzukommen, so daß er möglicherweise glaubt, er werde dafür und nicht für das Jagen bestraft werden. Möglicherweise wird er dann das nächste Mal nicht mehr so schnell zu Ihnen zurückkehren. Auch sind vorherige Drohungen und die Ankündigung einer Strafe aus den genannten Gründen genauso unnütz und möglicherweise schädlich, als würde man Stunden nach dem Vergehen strafen und vorwurfsvoll ständig »Böser Hund!« wiederholen.

Nicht immer ist der Hund schuld

Noch etwas: Erweisen sich Erziehungsmaßnahmen als wirkungslos, dann ist es höchste Eisenbahn, sie zu wechseln. Hunde sind zwar intelligente Tiere, aber man darf ihre Intelligenz auch nicht überschätzen. Hunde sind eben, es sei noch einmal gesagt, keine Menschen.

Einige Tips und Tricks zur Hundeerziehung

Hunde müssen Verkehrsverhalten erst lernen

- Manchmal wird behauptet, Hunde hätten so etwas wie einen sechsten Sinn für den Straßenverkehr. Vermutlich leitet man das davon ab, daß Hunde oft einen sechsten Sinn für gefährliche Situationen haben, was sicher stimmt. Verkehrsverhalten lernen Hunde durch Erfahrung – etwa, wenn sie einmal angefahren oder beinahe überfahren worden sind – oder auch durch eine besonders geschickte Dressur. Denken Sie beispielsweise an Blindenhunde. Was den Verkehr betrifft, so müssen ja auch Menschen in einem langen Lernprozeß das richtige Verhalten erst erlernen. Nicht anders ist das bei Hunden. Einen Hund auf die Straße zu lassen mit der Meinung, er werde das Nötigste schon lernen, ist dem Hund, aber genauso den anderen Verkehrsteilnehmern gegenüber unverantwortlich.

Betteln verboten

- Hunde, die betteln, ignoriert man am besten völlig. Sie bekommen nur etwas, wenn Sie es freiwillig anbieten und nicht umgekehrt. (Mitleidig am Tisch zu sitzen, den »armen Kerl« mitleidig zu betrachten und sich gegenseitig zu ermahnen, ihm keine Beachtung zu schenken, ist sicher das genaue Gegenteil von Ignorieren.)
- Vorbeugen ist immer besser als Auskurieren. Untugenden bekämpfen Sie daher am besten schon im ersten Ansatz.
- Mit Ihrer Stimme können Sie nicht nur tadeln und loben, sondern auch einen erregten Hund beruhigen und einen gelassenen anfeuern.

- Bei einem Machtkampf, wenn Ihr Hund beispielsweise Ihren Lieblingsplatz nicht räumen will, sollte man unverzüglich reagieren und zeigen, wer der »Leithund« ist.
- In Hundekreisen gilt es als Aggression, sich direkt in die Augen zu sehen. Sehen Sie daher besser etwas am Tier vorbei. Ausnahme: Sie wenden den direkten Blick bewußt an, zusammen mit einer Strafe.

Hunde mögen kein Parfum

- Denken Sie daran, daß eine Hundenase nicht die gleichen Dinge gerne riecht wie Sie. Wundern Sie sich daher nicht, wenn Ihr Schützling schon einmal das Weite sucht, sobald Sie sich ihm, frisch parfümiert oder dem Schaumbad entstiegen, nähern. In einer neuen Umgebung ist dies besonders wichtig. Da schnuppert er ja besonders viel. Deos, Parfums usw. bereiten jeder guten und sensiblen Hundenase große Qualen. Einige Tropfen Kölnisch Wasser auf das gute Möbelstück eignen sich andererseits gut als Abschreckungsmittel für ungelehrige Möbelnager.
- Wie Sie Ihren Hund am besten verwirren können? Indem Sie ein verträglicher und toleranter Mensch sind, der nicht auf seinen Vorteilen besteht. Das ist zwar eine schöne menschliche Eigenschaft, im Umgang mit Hunden aber völlig fehl am Platze. Sonst wird bald Ihr Hund die Essenszeiten bestimmen und nicht mehr Sie selbst.

Einer muß das »Sagen« haben

- Sie haben seit einigen Tagen einen Hund im Haus? Dann sollten Sie die Rollenverteilung festlegen. Nur eine Person sollte Ihren Hund füttern und mit ihm Gassi gehen. Besonders wichtig ist dies in der Anfangszeit. Die Aufgaben können auch auf zwei Personen verteilt werden. Später dann kann die Ausnahme ohne weiteres die Regel bestätigen. Als erstes weisen Sie Ihrem Hund einen Schlafplatz zu.
- Am ersten Tag: Täuschen Sie sich nicht, auch wenn der Hund scheinbar teilnahmslos herumsteht, er begutachtet seine neue Umgebung sehr genau. Nicht selten kommt es vor, daß er mit einigen Sätzen das Weite sucht. Das heißt nicht, daß es dem Hund nicht gefällt in seinem neuen Heim, sondern nur, daß er sich noch fremd fühlt. Schließen Sie daher an den ersten zwei Tagen Türen und Fenster, und nehmen Sie ihn konsequent bei Spaziergängen an die Leine. Und noch etwas: Kümmern Sie sich besonders am ersten Tag wenig um ihn. Ihr Hund braucht Zeit, sich in Ruhe an all die fremden Gerüche, Stimmen, Berührungen zu gewöhnen.

Ein Hund muß sich erst eingwöhnen

• Völlig normal ist es, wenn ein neuer Hausgenosse die ersten Tage sehr schüchtern wirkt. Stellen Sie nach der Eingewöhnungszeit Aufsässigkeiten fest – Ihr neuer Liebling verhält sich Ihnen gegenüber vielleicht loyal, knurrt aber Oma und Sohnemann an – so dürfen Sie das auf keinen Fall dulden. Ihr Hund muß alle Mitglieder Ihrer Familie respektieren. Es muß klar sein, wer was darf.

• Loben Sie Ihren Hund, wenn er es verdient, und schimpfen Sie mit ihm, wenn er nicht gehorcht. Gebrauchen Sie bei Lob und Tadel immer die gleichen Worte und den gleichen Tonfall, dann kann es nicht zu Mißverständnissen kommen. Strafen oder belohnen Sie nicht verzögert, das kann Ihr Hund – wie bereits gesagt – nicht verstehen.

Im Zweifelsfall zur »Schule«

Sie sehen also, daß mit dem entsprechenden Wissen und Gefühl eine Hundeerziehung weder schwierig noch grausam ist. Entsprechende grundlegende Hinweise und eigene Erfahrungen sollten eigentlich genügen. Falls nicht, können Sie auch eine Hundeschule besuchen. Anschriften bekommen Sie über den Bundesverband für Hundeausbildung (Adresse im Anhang dieses Buches).

Stichwort »Reinlichkeit«

Hunde sind »Nesthocker«

Hunde gehören – wie auch Katzen und Schweine – zu den »Nesthockern«. Das sind Tiere, die nach ihrer Geburt noch längere Zeit im »Nest« bleiben müssen, bis sie allein überleben können. Im Gegensatz dazu kommen »Nestflüchter« wie Pferde und Rinder schon »fertig« auf die Welt, sie sind schwer zur Reinlichkeit zu erziehen. Alle Nesthocker aber bringen enormen Reinlichkeitssinn mit. Kleine Katzen, Welpen und Ferkel werden ihr Geschäft außerhalb des »Nestes« erledigen, sobald sie alt genug sind und sofern sie Gelegenheit dazu haben. Eine Ausnahme sind Tiere, die in Zwingern aufwuchsen oder die nicht regelmäßig gesäubert wurden, als sie klein waren. Sie hatten keine Chance, ihren Reinlichkeitssinn zu entwickeln oder ihm zu folgen, und sind später schwer stubenrein zu bekommen. Ansonsten lernen Hunde leicht, sich weit von ihrem Lager zu entfernen oder ins Freie zu gehen, wenn sie ihr Geschäft verrichten müssen. Wenn ein ausgewachsener

Zweimal täglich »Gassi gehen«

Hund stubenrein sein soll, müssen Sie mindestens zweimal täglich mit ihm »Gassi gehen«.

Um einen jungen Hund zur Reinlichkeit zu erziehen, sind zwei Methoden weit verbreitet: ihm die Nase in sein Geschäft zu drücken oder ihn mit einer gefalteten Zeitung zu schlagen. Schwierig zu sagen, welche dieser Methoden weniger widerlich ist. Kein junges Tier kann es längere Zeit aushalten, ohne Darm und Blase zu entleeren, ein acht Wochen alter Welpe nicht länger als zwei Stunden. Das wichtigste Mittel, einen jungen Hund stubenrein zu bekommen, sind regelmäßige Fütterungs- und Bewegungszeiten. Das bewirkt dann auch eine regelmäßige Verdauung.

Aufgrund seines angeborenen Reinlichkeitstriebes wird ein Welpe immer, wenn er den Drang nach Entleerung spürt, zu »seinem Platz« streben. Die Anzeichen sind unverkennbar, auch wenn er nicht fiept. Ob dieser Platz nun draußen ist, liegt an Ihnen. Sobald Sie erkennen, daß es soweit ist, nehmen Sie Ihren Hund mit nach draußen und warten so lange, bis er einen Platz gefunden und sein Geschäft verrichtet hat. Machen Sie aber nicht den Fehler, den Welpen nur vor die Tür zu setzen und ihn draußen allein zu lassen. Oft genug bleiben die kleinen Hunde dann vor der Tür sitzen, warten, bis sie wieder aufgeht, um in der Wohnung dann das zu tun, was sie draußen hätten tun sollen.

So wird der Hund stubenrein

Hat Ihr Hund die Angewohnheit, immer unmittelbar, nachdem Sie mit ihm von einem Spaziergang zurück sind, sein Geschäft zu verrichten, so kann man das in Ordnung bringen, indem man die Fütterungszeiten ändert und ihn unmittelbar nach dem Spaziergang noch einmal kurz mit nach draußen nimmt. Nutzt dies alles nichts, haben Sie vielleicht Pech und einen Welpen erwischt, dessen Reinlichkeitstrieb unterentwickelt ist, weil er etwa in schmuddeligen Verhältnissen groß wurde. In diesem Fall müssen Sie auf klassische Lernmaßnahmen zurückgreifen und ihn strafen, am Nacken greifen und schütteln und sofort nach draußen setzen, sobald er mit seiner lästigen Gewohnheit fortfahren will. Das nächste Mal wird der Hund wahrscheinlich ängstlich wirken, bevor er mit seinem Geschäft beginnt, und Sie können ihn rechtzeitig nach draußen setzen. Selbstverständlich müssen Sie Ihren Hund loben, wenn er Reinlichkeit bewiesen hat.

Bewegung tut not

Hunde brauchen Auslauf, soviel steht fest, und ein zweimaliges kurzes »Gassi-Gehen« genügt da nicht. Hunde sind Dauerleister und auf das Laufen längerer Strecken »angelegt«, im Unterschied etwa zu Katzen, die typische Sprinter sind.

Bis zum vierten oder fünften Monat reicht für die meisten Welpen ein Garten als Auslaufmöglichkeit vollkommen aus. Man muß ja vor lauter Fürsorge auch nicht übertreiben und den jungen Hund schon auf Spaziergänge mitschleppen, die über seine Kraft gehen. Später sollte dann jeder Hund einmal täglich seinen ihm gemäßen Auslauf haben und am besten natürlich dort, wo er frei rennen und sich strecken kann, ohne daß er in der Gefahr schwebt, überfahren zu werden.

Regelmäßiger Auslauf ist ein »Muß«

Abb. 5: Wieviel Auslauf ein Hund braucht, hängt ab von Größe und Temperament.

Im allgemeinen brauchen große Hunde natürlich mehr Bewegung als kleine. Nur sehr kleinen Hunden wird der Auslauf in einer mittelgroßen Wohnung genügen. Und ein Grundstück, das groß genug ist, auch großen Hunden Auslauf und Spielmöglichkeiten zu bieten, haben die wenigsten. Aber nicht die Größe allein ist entscheidend, wichtig ist auch, daß Sie feststellen, wieviel Bewegung Ihr Hund braucht. Und dazu gehört nicht einmal eine große Portion gesunder Menschenverstand. Wenn Sie Ihren Hund im Park an der Leine entlangzerren, ihm den Ball ins Maul stecken und energisch befehlen müssen zu spielen, wird er das wahrscheinlich tun, offensichtlich aber bräuchte er die Bewegung gar nicht. Und wenn Sie das Glück und Pech einer schönen Jagdhundmischung haben, stellen Sie vielleicht fest, daß Ihr Hund auch nach drei Stunden Joggen oder Spazierengehen noch nicht müde ist. Dann müssen Sie sich wahrscheinlich für diesen Hund auf ein Minimalprogramm festlegen, sonst gehen Sie selbst, zeitlich gesehen, »vor die Hunde«. Regeln allein sind nur ein Anhaltspunkt, Sie müssen selbst sehen, was Ihr Hund braucht. Grundsätzlich aber wird jeder Wohnungshund einmal am Tag einen richtigen Auslauf brauchen. Viele Hundebesitzer verbinden auch die tägliche Bewegung mit einem kleinen Gehorsamkeitstraining und sind selbst begeistert von der Programm-Mischung, den Hund frei laufen zu lassen und dann wieder einige kurze Gehorsamkeitsübungen durchzuführen. Man hält auf diese Weise die Auslaufzeiten mit dem Hund viel lieber und leichter ein. Außerdem, warum ergreifen Sie nicht selbst die Gelegenheit beim Schopf und fangen an zu joggen oder radzufahren? Jeder Hund ab mittlerer Größe läuft problemlos mit dem Fahrrad mit. Das erfordert zwar eine gewisse Dressur, ist dann aber eine fantastische Bewegungsart für Ihren Hund und für Sie selbst. Der Bewegungsdrang Ihres Hundes kann auf diese Weise zum Gesundheitsmittel für Sie selbst werden. Wohl dem Hund also, dessen Herrchen oder Frauchen Jogger oder Fahrradfahrer ist.

Das Quantum der Bewegung

Fitneßtraining für Herrn und Hund

Eines sollten Sie auch noch bedenken, wenn Ihr Hund über längere Zeit untrainiert war und Sie im Urlaub ein volles Bewegungsprogramm durchführen wollen: Ein Hund braucht genauso wie jeder Mensch einige Zeit, um wieder körperlich fit zu werden. Wenn Sie sich also extra vor dem Urlaub fit machen – vergessen Sie dabei Ihren Hund nicht.

Der Hund in der Urlaubszeit

Auch Hundebesitzer sind nur Menschen. Sie freuen sich wie jeder andere, der kein Haustier besitzt, auf den Urlaub, wollen ihn genießen und ihn zur wohlverdienten Erholung nutzen. Doch was sagt ihr treuer Begleiter zu solchen Absichten?

Hunde sind »Reisemuffel«

Hunde, die eine kürzere oder längere Urlaubsreise als willkommene Abwechslung empfinden, sind eher selten! Die meisten Hunde hängen an ihrem angestammten Revier und verlassen nur ungern vertrautes Terrain. Viel schlimmer für das Tier ist aber die Trennung von »Rudelführer« und Familie, und deshalb ist die Mitnahme bei einer Reise manchmal das kleinere Übel. Ganz oben in der Hunde-Wunschliste steht natürlich der Urlaub zu Hause im Kreise seiner Lieben. Dann folgen kürzere Auto- oder Bahnreisen, wo er sich ständig in der Nähe der Familie aufhalten kann. Ganz unten steht die Flugreise, für viele Hunde ein traumatischer Schock: eingepfercht in eine kleine Kiste, umgeben von fremden, angsteinflößenden Gerüchen und Geräuschen. Da wäre es schon besser, er bliebe zu Hause, betreut von freundlichen Nachbarn, oder in einer guten Hundepension.
Hier nun einige Tips für die Reise, wenn Sie Ihren Hund mitnehmen wollen:

Auto:

Autofahren will gelernt sein

- Wenn Ihr Hund nur ungern Auto fährt, winselt und zu Erbrechen neigt, sollten Sie ihm das Auto »schmackhaft« machen: Lange vor einer längeren Autofahrt sollten Sie damit beginnen, ihn an das Fahrzeug zu gewöhnen. Geben Sie ihm einige Leckerbissen im stehenden Fahrzeug, machen Sie dann eine kürzere Fahrt, wobei Sie sich viel mit ihm abgeben (fahren sollte in dem Fall natürlich ein anderer).
- Wenn auch das nichts hilft, probieren Sie es mit Beruhigungszäpfchen gegen Reisekrankheit.

Eisenbahn:

- Für kleine Hunde ist ein Transportbehälter, der am Urlaubsort als Schlafstätte dient, ein problemloses »Verkehrsmittel« bei Bahnreisen.
- Auch große Hunde sollten in Ihrer Nähe bleiben, jedoch stets an der

Leine. Eine Fahrt im Gepäckwagen wäre ähnlich belastend wie eine Flugreise.

- Leckerbissen während der Fahrt sorgen für gute Laune, aber nur wenn der Hund vorher nur wenig zu fressen bekommen hat.

Flugzeug:

Medikamentenwirkung testen

- Beruhigungsmittel, die Sie vom Tierarzt erhalten, sind hier unerläßlich. Wichtig ist, daß Sie vor der Reise das Mittel ausprobieren, denn Hunde reagieren unterschiedlich darauf. Merken Sie sich den Zeitpunkt nach der Einnahme, an dem er schläfrig wird und zu dösen beginnt. Die entsprechende Zeitspanne vor der Reise geben Sie ihm dann das Mittel.
- Vor Antritt der Reise sollte er reichlich trinken und nur wenig fressen.

Was Sie beim Grenzübertritt beachten sollten:

- Auskunft über die Einreisebestimmungen Ihres Ziellandes erteilt das Veterinäramt. Sie sollten sich möglichst früh erkundigen.
- Wenn Tollwutschutzimpfungen verlangt werden, dürfen sie nicht länger als ein Jahr und nicht kürzer als zwei Wochen zurückliegen. Prüfen Sie anhand des Impfpasses, ob alle anderen Impfungen noch wirksam sind.

Gesundheitsvorsorge:

Die Hunde-Reiseapotheke nicht vergessen

- Beruhigungsmittel. Vorher Dosierung ausprobieren.
- Wundpuder.
- Gegen Zecken hilf Sonnenöl.
- Hormontabletten, falls Ihre Hündin läufig werden sollte.
- Lassen Sie sich zusätzlich vom Tierarzt beraten.

Richtige Pflege – die beste Krankheitsvorbeugung

Basis der täglichen Pflege

Je kleiner Hunde und je länger ihre Haare sind, um so mehr müssen sie gepflegt werden: Je näher ein Hund der Erde ist, um so mehr Bodenkontakt hat er; je länger das Haar ist, desto schneller wird es schmutzig. Langhaarige Rassen sollten daher täglich einmal gekämmt werden. Aber auch bei kurzhaarigen Rassen ist eine tägliche Fellpflege von Vorteil, weil sie den Schmutz beseitigt. Reiben Sie Ihren Hund mit einem dafür vorgesehenen Handschuh oder einem rauhen Tuch ab. Gut gekämmte Hunde müssen auch nicht so oft getrimmt werden. Unter *Trimmen* versteht man einfach das Entfernen toter Haare aus dem Fell des Hundes. Dazu benutzt man am besten einen entsprechenden Trimmkamm. Gelegentliches Trimmen schont vor allem Teppiche und Polstermöbel, besonders natürlich in den »haarigen« Übergangsperioden.

Regelmäßige Fell-Abreibungen

Vielfach erschöpft sich Hundepflege im Baden des Hausgenossen, wenn er zu riechen anfängt. Hunde schwitzen nicht durch die Haut. Nur an den Füßen und mit der Atemluft wird Feuchtigkeit abgegeben. Aus diesem Grund muß man Hunde wesentlich seltener baden, wenn man ihr Fell regelmäßig von Schmutz-, Ruß- und Staubteilchen reinigt. Gelegentlich kann man das Fell auch einölen, vielleicht alle zwei Wochen. Das Öl, etwa Kokosöl, sollte gut in das Fell eingerieben werden. Das überschüssige Öl reiben Sie dann sorgfältig mit einem Handtuch wieder heraus. Bei nur geringem Aufwand an täglicher Pflege reicht es manchmal völlig aus, Ihren Hund nur zweimal im Monat zu

Fellpflege mit Öl

baden, je nachdem, wie oft er draußen ist und sich im Gelände tummelt. Die meisten Hunde finden auch das noch übertrieben, sie haben eine tiefe Abneigung gegen das Baden.

Warmes Wasser und parfümierte Seifen sind tabu

Ein Grund ist die oft zu hohe Wassertemperatur – Hunde vertragen nämlich nicht viel Hitze. Steckt man einen Hund in eine Wanne mit -- nach unseren Maßstäben gemessen – angenehm warmem Wasser, empfindet er das so, als wenn er verbrüht würde. Auch Seife in den Augen und Wasser in den Ohren ist nicht gerade angenehm für Hunde. Und schon gar nicht parfümierte Seife: Das hat auf ihn dieselbe Wirkung, als würden Sie Ihre Nase einem üblen Gestank aussetzen, und betäubt außerdem seinen Geruchssinn für längere Zeit. Und für einen Hund ist der Geruchssinn viel wichtiger als für uns Menschen.

Lauwarmes Wasser, Watte in den Ohren zum Schutz gegen Wasser und zwei Tropfen Öl, vorsichtig in jedes Auge geträufelt, zum Schutz gegen die Seife, machen einem Hund das Baden etwas erträglicher. Seifen Sie den Hund dann mit einer milden Seife ein. Im Fachhandel sind spezifisch-milde Hundeshampoos und -seifen erhältlich. Seifenreste können Hautreizungen verursachen, spülen Sie daher die Seife mit der Brause gut ab. Nach dem Bad reiben Sie Ihren Hund dann mit dicken Handtüchern gut trocken und lassen ihn einige Stunden im Haus, damit er sich nicht erkältet.

Einige Wannenbäder können Sie durch Trockenshampoos ersetzen: Der Puder wird fest in das Fell eingerieben, dann bürstet man es gründlich aus. Diese massageähnliche Pflege lieben viele Hunde.

Ohrenpflege ohne Wasser und Seife

Auf keinen Fall sollten Sie die Ohren eines Hundes mit Wasser und Seife waschen. Sollte sich eine Pflege als notwendig erweisen, wischen Sie die Ohren äußerlich vorsichtig mit Watte und Olivenöl aus. Wickeln Sie die Watte um den Finger, und benutzen Sie keine Stäbchen. Das kann zu Verletzungen führen, wenn Ihr Hund seinen Kopf ruckartig bewegt.

Krallenschneiden

Noch eine notwendige Pflege-Maßnahme: Wenn Hunde weniger oder überhaupt nicht auf Straßen laufen, nutzen sich die Krallen ungleichmäßig ab. Die Nägel sollten dann von Zeit zu Zeit geschnitten werden, da sie sich sonst leicht einrollen und in die Fußballen einwachsen können. Gehen Sie aber vorsichtig vor, damit Sie nicht in das Nagelbein einschneiden. Wenn Sie unsicher sind, ob Sie es richtig machen, lassen Sie es sich von Ihrem Tierarzt zeigen. Manche Hunde haben eine starke

Abneigung gegen die Prozedur des Krallenschneidens, legen Sie das Tier daher dabei auf die Seite, und halten Sie es fest.
Gelegentlich entdeckt man nach gemeinsamen Spaziergängen Teer oder Kaugummi an den Pfoten. Beides läßt sich mit etwas Äther problemlos entfernen.

Das notwendige Pflege-Zubehör

Das wichtigste für den Anfang sind zwei Schüsseln, die eine für Wasser, die andere für Futter (wobei die Schüsselgröße natürlich der Größe des Hundes angemessen sein sollte), und ein *geeigneter Schlafplatz.* Soll der Hund draußen bleiben, schaffen Sie sich eine Hundehütte an; für die Wohnung bauen Sie ihm eine Schlafstelle, die nicht zugig oder bodenkalt sein sollte. Hunde sind sehr empfindlich gegen Zugluft. Testen Sie den künftigen Ruheplatz Ihres Hundes einfach, indem Sie dort eine brennende Kerze aufstellen. Flackert die Kerze, dann zieht es. Auch sollte es am Boden nicht zu kalt sein. Wenn Sie sich unsicher sind, messen Sie ruhig mit einem Thermometer. Für kleine Hunde sind höhlenartige Gebilde als Schlafstelle wunderbar geeignet. Eine weiche, leicht zu säubernde Einlage – und fertig.

Der Kerzentest für den richtigen Schlafplatz

Soll der Hund draußen bleiben? Dann muß eine geeignete *Hundehütte* her. Natürlich sollte Ihr Hund in diesem Fall auch unwirtliches Wetter aushalten können. Nicht jeder Hund, nicht jede Rasse verträgt das.

Die richtige Hundehütte

- Holzfässer und alte Kisten oder Möbel sind als Hundehütte ungeeignet. Am besten: doppelwandiges, gutes Holz, mit einer isolierenden Zwischenlage (Glaswolle), vielleicht auch außen mit Dachpappe verkleidet. Gemauerte Hütten brauchen unbedingt einen Holzboden!
- Ein flaches, an Scharnieren befestigtes Dach zum besseren Reinigen tut gute Dienste. Hunde setzen sich gerne drauf. Die ganze Hütte sollte an einem geschützten und stets sauberen Ort (unter einem Vordach, in einem Schuppen oder einer Scheune o. ä.) stehen.
- Die Hütte muß *so lang* sein, daß der Hund mit ausgestreckten Beinen darin liegen kann, *so hoch,* daß er darin stehen kann, und *so breit,* daß

er sich darin umdrehen kann. Sie sollte auf 5 cm hohen Füßen, Balken oder Steinen stehen bzw. auf einem großen Holzboden (rillenfrei wegen der Krallen!).

- Im Sommer muß die Hütte mit kochendheißer Lauge gereinigt werden. Mit klarem Wasser nachspülen und trocknen (aber nicht in praller Sonne).
- Damit das Tier einen stets windgeschützten Liegeplatz hat, sollte das Einschlupfloch an einem Eck einer Längsseite angebracht sein. Es darf nicht zur Wetterseite stehen und sollte im Winter, vor allem nachts, dick verhängt sein.
- Das Loch sollte gerade so groß sein, daß der Hund gut durchkommt, nicht größer, und etwa 15 - 20 cm über dem Boden beginnen, damit nicht ständig Stroh und Heu mit hinausgetragen werden.

Lagerstreu regelmäßig wechseln

- Die Lagerstreu sollte mindestens 1 - 2mal in der Woche gewechselt werden.
- Bei großer Kälte sollte der Hund ins Haus, zumindest nachts oder um sich für ein paar Stunden aufwärmen zu können.

Und was brauchen Sie noch? Ein *Halsband,* das auf der Innenseite mit Filz beschichtet sein sollte, eine *Leine,* eine *Bürste* und einen *Kamm.* Das Halsband wächst nicht mit dem Hals eines jungen Hundes mit. Denken Sie daher daran, gelegentlich zu überprüfen, ob es zu eng geworden ist.

Die Ernährung des Hundes

Überfütterung

Fehler, die man vermeiden sollte: Der Hauptfehler ist nicht zu übersehen, wenn man die vielen Hunde beobachtet, die auf der Straße herumlaufen: Viele bekommen zuviel zu fressen. Diese zahlreichen Zeugnisse falsch verstandener Tierliebe sind augenfällig. Mehr als ein Fünftel aller Hunde leidet schon an ausgeprägter Fettsucht. Und Hunden geht es mit diesem Problem nicht besser als Menschen. Gelenke und Knochen werden stärker belastet, Gelenkschäden können die Spätfolge sein. Auch Kreislauferkrankungen nehmen durch Übergewicht zu.

Die meisten Hunde sind Schnellfresser, und dieses hastige Schlingen kann zu dem Trugschluß verleiten, der Hund habe unermeßlich großen Hunger. Irrtum: Dieses Verhalten ist völlig normal und entspricht der Natur eines Hundes, der sich am unteren Ende in der Hierarchie des Familienrudelverbandes befindet. Und daß dies sein Platz ist, ist ja wiederum ganz richtig so, wenn Sie Schwierigkeiten vermeiden wollen. Der Appetit eines Hundes sagt also wenig darüber aus, ob seine Ernährung auch richtig ist!

Leckerbissen sind gefährlich

Ein zweiter häufiger Fehler in punkto Ernährung ist der Wunsch, dem Hund »Gutes zu tun«, ihn mit Leckerbissen zu verwöhnen. Selbstverständlich ist der Wunsch berechtigt und auch herzlich gemeint, weil man ja nicht will, daß es dem geliebten Tier an irgend etwas fehlt. Die Liebe aber mit Futter auszudrücken hat zwei Konsequenzen: Die erste besteht in der Zunahme des Leibesumfanges, die zweite darin, daß Ihr Hund sich an das erlesene Futter gewöhnt und nichts anderes mehr frißt. Mehr danken wird er es Ihnen, wenn Sie ihn im richtigen Moment loben, ihm Beachtung und Streicheleinheiten zukommen lassen und für ausreichende Bewegung sorgen.

Allgemeine Gesundheitskriterien

Es ist nicht immer leicht zu erkennen, ob ein Hund gesund ist oder ob ihm möglicherweise ernährungsmäßig etwas fehlt. Allgemeine Kriterien sind hier von Bedeutung: Hat der Hund einen klaren Blick, sind Größe und Gewicht seinem Alter angemessen, hat er kräftige und gerade Glieder, ist er seinem natürlichen Temperament entsprechend aufgeweckt und ansprechbar? Wenn Sie die wichtigsten Hinweise zur Pflege und Nahrung Ihres Gefährten und dabei noch zusätzlich seine rassespezifischen Bedürfnisse beachten, dürfte es ihm eigentlich an nichts mangeln.

Futtermenge und Futterzusammensetzung: Grundsätzlich ist es ein Irrtum zu glauben, Hunde seien reine Fleischfresser. Die wilden Vorfahren unserer Haushunde fraßen ihre Beute mit »Haut und Haaren« und erhielten daher neben dem Muskelfleisch auch Kalzium aus den Knochen, Natrium aus dem Blut, fett- und wasserlösliche Vitamine, essentielle Fettsäuren und unverdauliche Komponenten als Ballaststoffe zur Anregung der Verdauungstätigkeit. Die Meinung, daß Hunde reine Fleischfresser seien, führt in manchen Fällen zu einer überwiegenden Frischfleischfütterung. Ihr Hund kann dann leicht an Mangelerscheinungen erkranken. Beispielsweise ist Muskelfleisch zwar reich an Phosphor, aber arm an Kalzium (das der Hund braucht). Manchen wird es verblüffen, daß Hunde nicht selten Gras und andere

Abb. 6: In den ersten Wochen ist die Milch des Muttertieres immer noch die beste Nahrung für die Welpen.

Hunde fressen Gras – sind aber keine Vegetarier

Pflanzenkost mit sichtlichem Genuß fressen. Dafür gibt es verschiedene Erklärungen: Die eine besagt, Hunde täten das, weil es sie zum Erbrechen veranlaßt, so daß die unverdaulichen Nahrungsreste wieder ausgespuckt werden; eine andere, es handle sich um ein natürliches Bedürfnis nach faserigem Material, um die Bewegungen der Darmmuskulatur anzuregen. Letzteres gilt als sicher. Außerdem bezieht ein Hund aus pflanzlicher Nahrung auch eine kleinere Menge an Vitaminen und Mineralstoffen. Wichtig aber: Hunde sind keine Vegetarier. Von einer überwiegenden Pflanzenkost kann kein Hund leben. Aber auch von den Abfällen von seines Herren Tisch allein kann sich ein Hund nicht ausreichend und ausgewogen ernähren.
Genaue Zahlen und Richtlinien für die Futtermenge und Futterzusam-

mensetzung anzugeben ist nahezu unmöglich. Die Gesamtfuttermenge hängt ab von der Größe, dem Alter, dem körperlichen Zustand, dem Temperament und dem Auslaufquantum des Hundes. Man muß auch beachten, daß viele Hunde im Winter weniger Bewegung haben als im Sommer, was den Nahrungsbedarf etwas verringert. Hunde, die im Winter viel draußen sind, brauchen allerdings mehr Futter als im Sommer. Der Stoffwechsel muß mehr leisten, um genug Eigenwärme zu produzieren. Bei großer Kälte sollte ein Hund grundsätzlich im Haus gefüttert werden. Sehr kalte oder gar gefrorene Nahrung ist nämlich nicht gerade bekömmlich für das Tier. Mehr Nahrung braucht eine Hündin, wenn sie trächtig ist; ebenso wird ein Hund, der oft lange Zeit mit seinem Herrn und Jäger unterwegs ist, mehr Energiezufuhr brauchen als ein Ausstellungshund, der vor lauter Schonung kaum Frischluft wittern darf.

Die Futtermenge dem Bedarf anpassen

Fertignahrung: Leider ist die, vom Besitzer gut gemeinte, selbst zusammengestellte Nahrung oft nicht ausreichend. Und damit ist nicht die Nahrungsmenge gemeint, sondern ihre richtige Zusammensetzung: aus Proteinen, Vitaminen, Mineralstoffen und lebenswichtigen Fettsäuren. Außerdem macht es auch nicht gerade wenig Arbeit, selbst eine geeignete Hundenahrung zusammenzustellen. Aus diesen Gründen ist Fertignahrung zu empfehlen. Jahrelange Forschungsarbeit steckt inzwischen in den Fertigprodukten; sie enthalten heute alles, was ein Hund braucht, sind gezielt aus den erforderlichen Nährstoffen zusammengestellt und schmecken dem Hund (im Regelfall).

Auch Fertignahrung ist empfehlenswert

Eine vielfach übliche Praxis ist es, dem Hund zur Fertignahrung etwas zuzufüttern. Man will ihn verwöhnen oder hat Angst, daß er nicht genug bekommt. Allerdings braucht man sich so nicht zu wundern, wenn er Fett ansetzt. Grundsätzlich sind bei allen Formen der Fertignahrung, bei Vollnahrung, Trockenfutter und Halbtrockenfutter, alle wesentlichen Ernährungsbestandteile für einen Hund enthalten. Die genaue Dosierung und Zusammensetzung werden auf den Futterdosen vom Hersteller vermerkt und sollten berücksichtigt werden. Will man trotzdem frische Nahrung füttern, kann man ja abwechseln, z.B. 4 Tage Fertigfutter, 3 Tage gemischte Frischkost.

Falls Sie denken, es sei zu langweilig für Ihren Hund, immer das gleiche zu fressen, hier eine tröstliche Information: Hunde sind Gewohnheitstiere, die nicht auf Abwechslung angewiesen und daher auch nicht darauf aus sind. Es hat außerdem einen Vorteil, wenn Sie Ihrem Hund die ausreichenden täglichen Nährstoffe immer in relativ identischer Form geben: Verdauungsapparat und Darmflora stellen sich darauf ein, so daß es seltener zu Verdauungsstörungen kommt.

Ständiger Futterwechsel beeinträchtigt die Verdauung

Noch ein Tip: Achten Sie bei Fertigfuttermitteln, Konserven und Vitaminzusatzpräparaten immer darauf, daß eine genaue Inhaltsangabe und Gebrauchsvorschrift angegeben ist. Fehlen solche Hinweise oder sind sie nur ungenügend deklariert, lehnen Sie solche Angebote besser ab. Sinnvoll ist es, sich in Zweifelsfällen von einem Fachmann die erforderlichen Ratschläge geben zu lassen.

Wenn Sie selbst das Futter zusammenstellen:

Salzarm und gewürzlos

- Gesalzene und stark gewürzte Speisen sind nichts für einen Hund, auch keine Nüsse oder andere Leckerbissen, die ein Hundebesitzer in Hochstimmung vielleicht mit seinem Liebling teilen würde. Alles Fressen also salzarm und gewürzlos.
- Gut verträglich sind im allgemeinen Rindfleisch, Lamm- oder Hammelfleisch, Euter, Kutteln, Lunge, Schlund, Fisch (ohne Gräten!), Eier, Milch, Quark, Getreideflocken, Karotten, Spinat, grüne Bohnen, Spargel, gekochte Zwiebeln, Broccoli, grüner Salat, Sellerie und Obst wie Äpfel und Birnen.
- Weniger gut verträglich sind Schweinefleisch, frisches Brot, Kuchen, Süßigkeiten, Kohl, Rüben, Nudeln *ohne* Beigabe, Rosenkohl, Blumenkohl, dicke Bohnen, Bananen, Käse, abgenagte Knochen und rohe Speckschwarten. Keinesfalls sollten Hunde Hühnerknochen, Fischgräten oder andere kleine Röhrenknochen bekommen. Wenn diese Knochen zersplittern, gibt es scharfe Spitzen, die innere Blutungen in Mundhöhle, Kehle und Darmtrakt verursachen können. Ein großer, stabiler Rinderknochen, an dem noch etwas Fleisch sitzt, ist richtiger.

Ohne Fleisch geht es nicht

- Wenigstens ein Drittel der täglichen Futtermenge sollte aus Fleisch bestehen. Bei Junghunden zwei Drittel. Auch ist eine warme Mahlzeit täglich zu empfehlen.
- Das Wasser im Schälchen ist täglich zu erneuern. Reichlich Trinkwasser sollte immer zur Verfügung stehen.

- Generell sollten Sie den Futternapf täglich reinigen. Füttern Sie Ihren Hund im Freien, sollten Sie darauf achten, daß das Futter in seiner Schüssel nicht mit Staub, Regenwasser oder Schnee bedeckt ist.

Vitaminmangel und Vitaminüberschuß: Generell braucht auch ein Hundekörper alle Vitamine, damit keine Stoffwechselstörungen auftreten können. Allerdings sind Vitamin-Mangelerscheinungen beim Hund nicht sehr häufig anzutreffen.

Vitaminmangel und seine Erscheinungsbilder

Nur bei schweren und wiederholten Fehlern in der Haltung und Fütterung, bei besonders einseitiger Nahrung und mangelhafter Unterkunft und Pflege kommt es dazu. Einige Beispiele: Vitamin-A-Mangel führt zu einer übermäßigen Verhornung der Haut, Vitamin-E-Mangel begünstigt unter anderem den Fettansatz, Vitamin-K-Mangelzustände behindern die Blutgerinnung. Die Krankheitserscheinung von Vitamin-D-Mangel ist die »Rachitis«. Es kommt dabei zu Minderungen des Wachstums, Verbiegungen der Gliedmaßenknochen (krumme Beine), Rückgratverkrümmungen und einer erhöhten Bereitschaft zu Knochenbrüchen. Die Rachitis kommt nur noch gelegentlich bei sehr großen Hunderassen, wie beispielsweise der Deutschen Dogge, vor. Ein Mangel an Vitamin B äußert sich durch Appetitlosigkeit, Verweigern der Nahrung, Erbrechen, Koordinationsstörungen der Gliedmaßen und durch eine generelle Überempfindlichkeit.

Vitaminpräparate nur nach Anweisung zufüttern

Vitamine können nicht nur unter-, sondern auch überdosiert werden, auch das ist allerdings selten. Besonders groß ist die Gefahr einer Überdosierung von Vitamin D, wenn unkontrolliert Lebertran und Vitamin-D-Präparate zugefüttert werden. Es kann dann zu einer vermehrten Ablagerung von Kalzium im Körper kommen, beispielsweise in den Nieren, und zu einer erhöhten Knochenbrüchigkeit. Ein Überangebot an Vitamin A über längere Zeit hinweg, beispielsweise wenn ständig Leber gefüttert wird, kann Knochen- und Gelenkveränderungen mit Bewegungsunlust und Appetitmangel hervorrufen.
Sie sehen also, daß bei der Ernährung darauf zu achten ist, daß alle Vitamine in einem ausgewogenen Verhältnis angeboten werden. Sollte es notwendig sein, die Nahrung Ihres Hundes mit Vitaminen anzureichern, so ist beispielsweise eine Vitamin-Paste wie *Felovite* zu empfehlen. Sie ist einfach in der Anwendung, setzt sich aus vielen

Vitaminen und Spurenelementen zusammen und wird von den Hunden gern gefressen. Ein Vitaminzusatz zur Nahrung ist gut geeignet, eine gelegentlich selbst zusammengestellte Mischkost aufzuwerten. Bei jeder Behandlung mit Vitaminpräparaten sollten Sie allerdings genau nach der Gebrauchsanweisung verfahren.

Kenntnisse über die Nährstoffbalance …

Mangel an Mineralstoffen und Spurenelementen: Auch wenn man die täglichen Mahlzeiten seines Hundes selbst zusammenstellt, wird meistens der Bedarf an Mineralstoffen und Spurenelementen gedeckt. Man sollte dies nur mit der nötigen Sorgfalt und Kenntnis tun. Gelegentlich können Sie dem Futter spezielle Mineralstoffmischungen beigeben. Mangelerscheinungen entstehen genau wie bei den Vitaminen nur durch ständige Ernährungsfehler, wie eine einseitige Kost, und durch schlechte Pflege- und Haltungsbedingungen. Es treten dann ganz allgemein Störungen in der normalen Entwicklung ein: Die Tiere sind nicht mehr so lebendig wie früher, sie werden faul und oft auch fett, die Leistungsfähigkeit und Widerstandsfähigkeit ist allgemein vermindert. Krankheiten brauchen längere Zeit bis zur Ausheilung, und auch die Fortpflanzung kann Probleme machen – ein Punkt, der besonders für Züchter wichtig ist. Konkret können beispielsweise durch Kalziummangel die Knochen erkranken; durch den Mangel an Spurenelementen wie Eisen, Kupfer, Kobalt, Mangan, Zink, Jod u.a. wird das Wachstum beeinträchtigt sowie die Widerstandskraft gegen Infektionen herabgesetzt.

… sind unerläßlich

Grundsätzlich muß die Nahrung eines Hundes kalorien- und nährstoffmäßig gut ausbalanciert sein. Dabei ist besonders die ausreichende Versorgung mit Kalium, Natrium, Kalzium, Magnesium und Phosphor von Bedeutung. Jede einseitige Ernährung sollte grundsätzlich vermieden werden. Bei der Aufzucht von jungen Tieren sollten Mineralstoffmischungen zugefüttert werden.
Wenn Sie Fertigfutterpräparate verwenden, studieren Sie die Zusammensetzung. Es gibt große qualitative Unterschiede.

Ernährungsgewohnheiten: Hunde sind Gewohnheitstiere. Am besten gedeihen sie, wenn sie regelmäßig gefüttert werden. Dann wird meist auch die Zeit des »großen Geschäfts« pünktlich eingehalten, was für den Besitzer eine große Erleichterung ist. Eine regelmäßige, rationierte Fütterung ist auch der Schlüssel zur Gewichtszunahme oder -abnahme.

Fütterungszeiten und -mengen …

Über die Häufigkeit von Mahlzeiten gibt es keine festen Regeln. Mann kann das tägliche Nahrungsquantum auf eine Kleinigkeit morgens und den größeren Rest spätnachmittags verteilen, oder man stellt es auf einmal bereit. Besonders bei Trocken- und Halbtrockenfutter ist die einmalige Gabe vorzuziehen – der Hund bedient sich dann selbst. Wichtig ist bei einer Ernährung mit Trocken- und Halbtrockenfutter, daß Sie regelmäßig genug Wasser bereitstellen.

Und noch einmal: Es ist nicht nötig, zusätzlich zur täglichen Ration Fertigvollnahrung, Hundebiskuits oder ähnliches zuzufüttern. Dadurch wird Ihr Hund nur fett. Vergessen Sie bei der Nahrungszusammenstellung das richtige Maß nicht.

… hängen von der Bewegung ab

Eine Auswirkung auf den Kalorienverbrauch hat natürlich auch, wieviel sich Ihr Hund bewegt. Ein Hund, der überwiegend in der Wohnung gehalten wird und wenig Auslauf hat, braucht weniger Nahrung als einer, der den ganzen Tag in einem großen Garten herumtollen kann. Abgesehen davon ist es sicher unverantwortlich, sich einen bewegungsbedürftigen Hund anzuschaffen und dann diese Bedürfnisse nicht zu erfüllen. Gar traurige Gestalten kann man manchmal sehen: einstmals schöne Tiere, die in der Wohnung fett und faul geworden sind. Ist es aber schon soweit, dann ist es sicher falsch, dem Hund von einen Tag auf den anderen ein scharfes Bewegungsprogramm zu verordnen. Stellen Sie sich vor, Sie hätten 10 oder gar 20 Kilo zugenommen und würden dann durch die Gegend gehetzt werden. Gemächlich beginnen und nach und nach steigern ist sicher sinnvoller. Richtlinien helfen nur so lange, bis die Erfahrung etwas anderes lehrt. Das gilt natürlich auch für die Hundenahrung. Manchmal verträgt auch ein Hund gleicher Rasse die bei einem anderen durchaus bewährte Nahrung nicht, seien dies Gemüse, Milch oder Eier. Das zu beachten und zu berücksichtigen sollte eigentlich eine Selbstverständlichkeit sein.

Das Liebesleben des Hundes

Von streunenden Rüden und läufigen Hündinnen

Das mächtige Spiel der Hormone

Viele Hundehalter in spe machen sich kaum eine Vorstellung von den Problemen, die der Geschlechtstrieb ihres neuen Familienmitglieds verursacht. Diejenigen unter den Lesern, die schon einen Hund besitzen, werden davon das eine oder andere »Liedchen« singen können. Das mächtige Spiel der Hormone beherrscht das Hundeleben und kann die Anhänglichkeit und die Freundschaft mit dem Menschen stark beeinflussen. Der Jagdtrieb ist zwar dafür verantwortlich, daß Hunde Katzen jagen, auch einmal einen Fahrradfahrer verfolgen oder zu wildern beginnen. Zum Streunen aber treibt einen Hund meistens sein Geschlechtstrieb. Und dann bleibt meistens auch nicht aus, daß gleichzeitig der Jagdinstinkt voll erwacht. Oft findet ein Hund nämlich eher ein Jagdobjekt als ein läufiges Weibchen, auch wenn es zuerst der Geschlechtstrieb war, der ihn in Richtung Freiheit drängte.

Vom Glücksfall einer Nachbarschaftsliebe

Ein **Rüde** kann mit einer Treue an Ihnen hängen, für die es kaum Vergleichbares gibt. Keine Sekunde würde gezögert, Sie auch gegen weit überlegene Gegner zu verteidigen. Derselbe Hund aber hört wahrscheinlich nicht mehr auf Sie, sobald er den Geruch einer läufigen Hündin in die Nase bekommt. Vielleicht haben Sie Glück, und Ihr Hund hat eine »feste Freundin« in der Nachbarschaft, so daß der Liebesdrang nur zweimal jährlich auftritt. In einer hundereichen Gegend aber kann es sein, daß er in einem beinahe ständigen Liebeswahn leben muß und mit Winseln und Kratzen der Absicht Ausdruck verleiht, draußen sein Glück zu suchen. Starke Nerven gehören dazu, einen Hund dann festzuhalten. Lassen Sie Ihren Rüden aber frei seinen Neigungen nachgehen, wird es erstens meist Ärger mit der Nachbarschaft geben, zweitens wird er möglicherweise zum Streuner. Man muß sich nicht wundern und schon gar nicht darüber ärgern, wenn Nachbars Rüde die eigene Hündin zweimal jährlich deckt, weil man sie frei laufen läßt, aus der Einstellung heraus, Hunde bräuchten freien Auslauf. Umgekehrt braucht sich auch der Besitzer eines Rüden, der überzeugt ist, daß dieser um seiner Gesundheit willen frei umherlaufen und sich paaren muß, nicht über nachbarschaftliche Probleme oder eine Streunertendenz seines Hundes zu wundern. Beide Besitzer übernehmen keine Verantwortung für ihren Hund. Und das führt dann dazu, daß etwa 80.000 Hunde jährlich ausgesetzt werden, weil man nicht mehr weiß, wohin mit ihnen. Gehen wir nur einmal davon aus, ein frei umherlaufender Rüde decke ein Gebiet von etwa zwei Quadratkilometern ab und es würden vier Hündinnen in diesem Gebiet leben. Zwei davon werden vielleicht während ihrer Läufigkeit im Haus gehalten, die anderen laufen frei umher. Bei einer durchschnittlichen Nachkommenschaft von acht Welpen pro Wurf sind das also insgesamt 32 kleine Hunde in einem Jahr, die erst einmal untergebracht (oder ansonsten eingeschläfert) werden müssen. Keine rosigen Aussichten für die kleinen, ach so liebreizenden Welpen, die ein solches Schicksal nicht verdient haben.

Die Verantwortung liegt beim Hundehalter

Ein Rüde hat keine Periodik in seinem Liebesleben, gleichwohl bekommt er seine große Zeit, wenn die Hündinnen in der engen und weiteren Nachbarschaft läufig werden. Die Stärke des Geschlechtstriebes ist von Hund zu Hund sehr unterschiedlich und schafft im Normalfall wenig Probleme. Einige Rüden aber haben einen ausgeprägten Geschlechtssinn bis hin zur sexuellen Besessenheit. Solche Hunde sind schlecht erziehbar, und ihre Bindung an den »Herrn« oder die »Herrin« ist oft unterentwickelt. In solchen Fällen sollte in Ihrem eigenen Interessen, aber auch in dem Ihres Hundes und seiner potentiellen Nachkommenschaft, die Kastration erwogen werden. Normalerweise lassen sich die möglichen negativen Auswirkungen des Geschlechtstriebes mit etwas Aufmerksamkeit und Erziehung in Grenzen halten. Jeder Rüde macht in einem bestimmten Alter eine natürliche Phase eines gesteigerten Geschlechtstriebes durch. In dieser Zeit neigt er besonders zum Streunen. Wenn man dann seinen Hund

Kastration – eine Lösungsmöglichkeit …

ständig ungehindert davonziehen läßt, kann er sich daran gewöhnen; auch sein Jagdtrieb wird dann mit allen beschriebenen unerwünschten Konsequenzen voll erwachen.

... die viel Ärger erspart

Die »Liebe« hat für einen Hund Vorrang vor jeder Erziehung, so daß man sich nicht allein auf die bisher tadellose Erziehung verlassen darf. Was Sie konkret tun können, wird stark vom jeweiligen Hund abhängen, davon, wie stark sein Geschlechtstrieb ist und davon, wie viele Hündinnen in der Umgebung regelmäßig läufig werden. Wenn Ihr Hund zweimal im Jahr unruhig wird, sobald seine Freundin in der Nachbarschaft läufig ist, und auch Ihr Nachbar keine Einwände gegen diese Freundschaft hat, kann man das sicher in Kauf nehmen. Anders in hundereichen Gegenden: Hier sollten Sie rechtzeitig bremsen. Das kann durch aufmerksame Erziehungsmaßnahmen geschehen, in vielen Fällen aber wird eine Kastration das Beste sein, wenn Sie sich und Ihrem Hund Ärger ersparen wollen. Denn nicht nur Sie leiden, wenn Ihr Hund unruhig wird, sondern auch Ihr Hund, wenn Sie ihm verbieten, loszuziehen. Außerdem ist noch die Frage, ob weinerliches Winseln, Kratzen an der Türe und Nahrungsverweigerung Ihr Herz erweichen wird und Sie »schwach« werden. Und noch ein Problem: Bei einem Streuner ist auch die Gefahr besonders groß, daß er eine übertragbare Krankheit aufschnappt. Obendrein wird er oft verbissen und zerschlagen von seinen Abenteuern wiederkommen, vielleicht sogar mit einer Schrotladung bombardiert. Einige Kritiker der Kastration meinen, es sei grausam, einen Hund seines schönsten Vergnügens zu berauben. Dem kann man entgegenhalten, daß Haushunde durch Ihre Lebensumstände ohnehin schon dieses Vergnügens beraubt sind. Das ist so, als hielte man es für menschlicher, einen Alkoholiker vor einer Flasche sitzen zu lassen, die er nicht erreichen kann, als sie gänzlich, mitsamt seiner »Sucht« zu entfernen. Ein Hund trauert auch nicht dem »Verlust an Lebensqualität« durch die Kastration nach.

Kastration ist weder grausam noch wesensverändernd

Entgegen landläufigen Vorurteilen muß eine Kastration auch nicht dazu führen, daß Ihr Hund »fett, faul und gefräßig« wie Kater Garfield wird. Es gibt genügend kastrierte, aber sehr intelligente Kater, die brillante Mäusefänger sind. Und bei Pferden sind die berühmtesten Namen im Rennsport die von Wallachen. Genauso ist es bei Hunden. Nur auf eines sollte man achten: Männliche Hunde sollten nicht vor der

Geschlechtsreife kastriert werden. Wenn die Kastration früher, also schon im Welpenalter, erfolgt, gewinnen die meisten Hunde nie die Erwachsenenreife, neigen dann tatsächlich zum Fettansatz, und der Beschützerinstinkt bleibt oft genug vollständig aus. Bei später kastrierten Hunden bleiben Wesensart und Erscheinung erhalten, und sie verlieren auch nicht gänzlich die Lust am anderen Geschlecht. Lediglich die Bindung an den Menschen wird stärker, und ein Rüde wird etwas an Schärfe verlieren.

Die Bindung an den Menschen wird stärker

Die Kastration als grundsätzliches Besänftigungsmittel und als Erziehungsersatz einsetzen zu können ist jedoch ein Trugschluß. Wenn Hunde beißen oder raufen, weil sie ängstlich sind, hat das nicht das geringste mit ihrem Geschlechtstrieb zu tun und wird sich dementsprechend auch nicht bessern.

Bei **Hündinnen** wechselnd die Perioden sexueller Neutralität mit einem paarungsbereiten Zeitraum ab. Sie werden meist zweimal im Jahr läufig, allerdings nicht immer regelmäßig zu den gleichen Zeiten. Größere Rassen haben etwas längere Intervalle als kleinere. Ausnahmen sind die Schäferhunde mit Intervallen von nur 4-5 Monaten und die Dackel mit 7-8 Monaten. Erste Hitzezeichen (ein anderer Ausdruck für Läufigkeit) zeigen sich bei Hündinnen im Alter von 6-8 Monaten, die ausgeprägte Läufigkeit ab 10-12 Monaten. Wie Sie die Läufigkeit erkennen? Zu Beginn der etwa zehntägigen Periode tropft dem Tier etwas rosafarbene, wäßrige Flüssigkeit aus der Scheide, und es leckt sich auffällig oft die Scham. Zu Beginn der Hitzezeit werden dann zwar Rüden durch den Geschlechtsgeruch angelockt, aber empört weggebissen. Ihre treue, anhängliche Hündin hat ja immer schon alle Hunde und besonders Rüden aus Ihrer Umgebung weggebissen, denken Sie vielleicht. Wiegen Sie sich dann aber nicht in Sicherheit. So reagieren Hündinnen nur zu Beginn der Läufigkeitsphase. Später wird auch die Hündin sexuell aktiv. Lassen Sie sie dann frei laufen, wird sie bei der nächsten Gelegenheit mit einem »Freier« verschwunden sein. Sechs bis acht Tage lang ist eine Hündin deckbereit, und während dieser Zeit akzeptiert sie nahezu jeden Rüden. Übrigens müssen Sie auch nach der ersten Deckung noch aufpassen, sollte ein gewünschter Rasserüde seine Pflicht getan haben. Hündinnen sam-

Anzeichen für Läufigkeit

meln eine Woche lang die Samen verschiedener Vatertiere, wenn die Möglichkeit dazu besteht. Dann erst sind die Eier befruchtungsfähig. Das erklärt, warum eine Hündin in einem einzigen Wurf sowohl reinrassige Welpen wie auch die verrücktesten Mischungen zur Welt bringen kann.

Methoden der Rüdenabwehr

Rüdenabwehr ist nicht ganz einfach. Fenster und Türen sollten auf alle Fälle fest verschlossen werden, denn Liebesnot macht auch Hunde zu Erfindern. Außerdem können Sie mit geruchintensiven Sprays jeden Läufigkeitstropfen überdecken, den Ihre Hündin beim Verlassen der Wohnung verlor. Kölnisch Wasser beispielsweise riecht für Hundenasen besonders scheußlich. Aber bitte nicht in der Wohnung anwenden, damit würden Sie Ihren eigenen Hund quälen.

Noch ein Tip: Halten Sie die Läufigkeitsphasen Ihrer Hündin in einem Kalender fest, dann werden Sie bei Ihrer privaten Planung (Urlaub usw.) nicht davon überrascht.

Hündinnen sollten kurz vor oder bald nach der ersten Läufigkeit kastriert werden. Ansonsten gibt es auch bei der Hündin einige Punkte, die für die Kastration sprechen: Eine Hündin muß nicht mehr alle drei oder sechs Monate eingesperrt werden, bekommt nicht immer wieder ihren Wurf weggenommen, leidet seltener an der sonst recht häufigen Gebärmutterentzündung und bekommt auch seltener Gebärmuttertumoren. Allerdings handelt es sich bei der Kastration einer Hündin um einen größeren Eingriff als beim Rüden, weshalb er noch sorgfältiger überlegt werden sollte.

Was man tun sollte – was man tun kann

Beim Rüden:

Beruhigungsmittel: Sie sind für akute »Liebeskrisen«, aber nicht zur Dauerbehandlung geeignet. Ein geeignetes Beruhigungsmittel für Ihren Hund sollten Sie ohnehin in Ihrer Hausapotheke haben. Das hilft dann auch in besonders unruhigen Zeiten, beispielsweise in der Silvesternacht oder wenn die Umgebung sehr unruhig ist, wie etwa im

Urlaub. Geben Sie aber keine Präparate, die für Menschen oder auch für Katzen gedacht sind. Der Stoffwechsel des Hundes funktioniert anders, Sie könnten böse Überraschungen erleben. Fragen Sie Ihren Tierarzt.

Hormonpräparate: Sie wirken Wochen bis Monate und führen zur vorübergehenden Sterilisation. Die Rüden werden ruhiger und sanfter, eine häufig auch erwünschte Nebenwirkung. Solche Präparate sind allerdings nicht geeignet, wenn erotischer Dauerstreß an den Nerven Ihres Rüden zerrt.

Medikamente können, müssen aber nicht helfen

Hormonpräparate und Beruhigungsmittel bieten keinen absoluten Schutz vor Deckakten eines Rüden. Die üblichen Vorsichtsmaßregeln dürfen daher nicht vernachlässigt werden.

Kastration: Starke psychologische Widerstände bestehen vielfach gegen die Kastration eines Rüden. Dabei ist dessen Kastration sachlich gesehen weniger problematisch als die einer Hündin: Es handelt sich nur um einen kleineren operativen Eingriff, Aussehen und Charakter des Tieres bleiben erhalten – vorausgesetzt, der Eingriff wird bei schon erwachsenen Tieren ausgeführt. Nur etwas ruhiger dürfte Ihr Hund danach werden. Und noch ein Plus: Hunde empfinden es nicht als Verlust, wenn sie kastriert werden. Sie leiden ohne Frage viel stärker unter einem zwanghaft unterdrückten Trieb. Eine Kastration ist und bleibt daher die sicherste Methode, aus einem sexuell aktiven Rüden einen braven Hausgenossen zu machen.

Bei der Hündin:

Hormontabletten: Mit ihnen läßt sich die Läufigkeit verschieben. Diese Maßnahme ist dann geeignet, wenn Sie etwa im Kalender sehen, daß die nächste Hitzezeit Ihnen vom Termin her gar nicht paßt. Wenn sie beispielsweise genau in Ihre Urlaubszeit fällt. Stoppt man die Eingabe der Tabletten wieder, setzt die Läufigkeit vier bis fünf Tage später ein. Die Tabletten erhalten Sie beim Tierarzt.

Die »Pille« für die Hündin

Auch wenn die Läufigkeit zu einem absolut unpassenden Moment schon begonnen hat, weil Sie nicht auf den Zyklustermin geachtet haben, können Sie sich mit Hormontabletten helfen und die Läufigkeit noch unterdrücken. Die Tabletten sind dann bei den ersten Hitzeanzeichen zu verabreichen.

Hormonspritzen haben Vor- und Nachteile

Spritzen: Längerfristig können bestimmte Spritzen die Läufigkeit unterdrücken. Damit keine Nebenwirkungen auftreten, ist der richtige Zeitpunkt wichtig. Die erste Spritze erfolgt ein bis zwei Monate vor der Hitzezeit. Alle fünf Monate wird dann die Spritze wiederholt. Der Vorteil dieser Methode ist, daß die Hündin spätestens einige Monate nach Absetzen der Spritzen wieder Junge bekommen kann. Ein Nachteil ist das vermehrte Auftreten von Gebärmuttervereiterung (Pyometra) bei dieser Behandlung. Besonders häufig erkranken ältere Hündinnen, die nie geworfen haben, an Pyometra. Die Krankheit bedeutet allerdings selten ein Todesurteil, eine rechtzeitige Operation ist meist erfolgreich.

Kastration: Nach einer Kastration kann die Hündin nie wieder läufig werden, sie bleibt sexuell neutral. Das Risiko einer Gebärmuttervereiterung aber ist ausgeschaltet, auch Geschwülste der Milchdrüse sind wesentlich seltener. Der Stoffwechsel der Tiere verändert sich, daher kann es zu unerwünschten Verfettungen kommen, wenn unverändert weitergefüttert wird. Durch knappere Futtermengen läßt sich das Gewicht aber meistens kontrollieren. Knapp 40 % der Hündinnen in den USA sind kastriert – das spiegelt die dort verbreitete, sachlich-nüchterne Einstellung wider und zeigt, daß diese Methode nicht die schlechteste ist.

Kastration von Hündinnen will gut überlegt sein

Bevor Sie sich überlegen, was Sie tun werden, ist es sicher sinnvoll, wenn Sie zunächst den Charakter Ihrer Hündin studieren und den Beginn ihrer Zyklen abwarten. Paßt Ihnen die Läufigkeit einmal nicht in den Kram, können Sie immer noch zu den genannten Tabletten greifen. Auch wenn es dann einmal zur Trächtigkeit kommt, kann der Tierarzt noch durch bestimmte Medikamente abtreiben. Wenn Sie aber sehen, daß die Belastungen auf Dauer für Sie nicht tragbar sind, sollten Sie sich für eine Spritzenkur entscheiden, sozusagen die hormonelle Kastration auf Probe. Sie hat einen Vorteil: Mögliche Veränderungen von Wesen und Körper entsprechen denen bei einer Kastration. Sie können daher erst einmal »testen«. Eine Spritzenbehandlung sollte allerdings nicht mehrmals angefangen und abgesetzt werden. Das tut dem Organismus

Ihres Tieres nicht gut. Als sichere Methode der Verhütung bleibt dann immer noch die Kastration.

Sterilisation dämpft den Liebestrieb nicht!

Sterilisation – ja oder nein? Sie haben sich vielleicht gewundert, warum bisher nicht die Sterilisation von Rüden oder Hündinnen als eine empfängnisverhütende Methode erwähnt wurde. Bei einer Sterilisation werden die Eileiter der Hündin beziehungsweise die Samenleiter des Rüden durchtrennt, so daß eine Fortpflanzung nicht mehr möglich ist. Beide Geschlechter bleiben allerdings sexuell genauso aktiv wie vorher, und damit bleiben auch Belästigung und Unruhe gleich. Aus diesem Grund ist eine Sterilisation sicher die am wenigsten hilfreiche Methode.

2. Teil

Der kranke Hund

Vorbeugen ist – wie immer – besser als heilen

Impfungen und Impfplan

Wichtiger als ein ellenlanger Stammbaum ist es, daß Sie beim Kauf eines Hundes den Impfpaß mit den entsprechenden Eintragungen erhalten. So mancher frischgebackene Hundebesitzer, der ausschließlich den Angaben des Verkäufers vertraute, er habe angeblich den Impfpaß des so »gut geimpften Hundes« verloren, wurde später enttäuscht, und sein Hund wurde krank. Die Impfung ist nicht billig und wird daher meist beim Verkauf als Kostenfaktor veranschlagt.

Impfung in regelmäßigen Abständen

Der Termin für eine Grundimmunisierung und bei älteren Tieren der der Wiederholungsimpfung sollte nicht länger als zwei Jahre zurückliegen. Sehen Sie auch nach, wogegen geimpft wurde. In den meisten Fällen ist das die Staupe, aber wogegen noch? Tollwut? Leberentzündung, Leptospirose, Parvovirose?

Bei den angesprochenen Schutzimpfungen handelt es sich jeweils um eine *aktive Immunisierung.* Dabei werden einem Hund abgeschwächte oder abgetötete Krankheitserreger injiziert, so daß sein Organismus aus eigener Kraft, aktiv, Schutzstoffe bilden muß, sogenannte Antikörper. Man hat also bewußt und wohldosiert eine »kleine Infektion« in Gang gebracht, die in den meisten Fällen unmerklich verläuft. Antikörper aber bleiben im Organismus des Tieres und verhindern weitere Infektionen. In gewissen Abständen ist allerdings eine Auffrischung des Impfschutzes notwendig.

Die Gesundheit Ihres Hundes ist eine Voraussetzung dafür, daß überhaupt geimpft werden kann. Bei Krankheit oder Schwächung, beispielsweise durch einen Wurmbefall, aber auch nach langen Transporten oder in der Erholungsphase nach einer Krankheit werden zuwenig oder überhaupt keine Schutzstoffe gebildet. Eine Impfung hat dann wenig bis gar keinen Nutzeffekt. Geimpft wird in solchen Fällen später, sobald der Hund wieder gesund ist. Aber auch dann dauert es eine gewisse Zeit, bis genug Schutzstoffe gebildet wurden. Bei einem gesunden Hund dauert der Aufbau eines Impfschutzes, das heißt, bis der Organismus des Hundes genug Schutzstoffe gebildet hat, in der Regel bis zu 14 Tage. Wenn innerhalb dieses Zeitraumes eine Infektion auftritt, ist das Tier noch schutzlos. Wegen der noch bestehenden Infektionsgefahr genügt es daher nicht, seinen Hund einen Tag vor Reiseantritt noch schnell impfen zu lassen. Ihr Hund darf dann in die meisten Länder nicht einreisen, und das natürlich zu Recht. Informieren Sie sich daher rechtzeitig vor einer Reise, ob Sie irgendwelche zusätzlichem Impfungen durchführen müssen.

Nur gesunde Hunde impfen

Eine zweite Form der Impfung ist die *passive Immunisierung.* Dabei wird Blutserum von Tieren injiziert, die bereits Abwehrstoffe gegen die betreffende Krankheit gebildet haben. Der Impfschutz setzt zwar sofort ein, dauert aber nur 14 Tage lang an. Nach Ablauf dieser kurzen Schutzperiode muß eine weitere Impfung erfolgen, dann am besten eine aktive Immunisierung.

Anwendungsmöglichkeiten einer passiven Immunisierung sind
– die Übergangszeit, wenn ein Tier für die aktive Immunisierung noch zu schwach ist.
– ein frühzeitiger Verkauf noch sehr junger Tiere,
– akute Infektionsgefahr, beispielsweise, wenn Tiere auf Ausstellungen gebracht werden.

Mehrfachimpfstoffe sind preiswert

Zunehmend werde heute Kombinationsimpfstoffe eingesetzt. Dabei werden in einer einzigen Injektion mehrere Impfstoffe vereinigt. Die Wirksamkeit von Kombinationsimpfungen unterscheidet sich nicht von der einzelner Impfungen. Auch aus Preisgründen sind Mehrfachimpfstoffe zu empfehlen: Der klassische Dreifachimpfstoff gegen Staupe, Leptospirose und ansteckende Leberentzündung kostet nur wenig mehr als die einfache Staupeschutzimpfung. Es gibt auch einen Fünffachimpfstoff, der zusätzlich noch gegen Tollwut schützt, aber nicht in jedem Fall erforderlich ist.

Wann soll nun geimpft werden? Ein Welpe bekommt mit den ersten Schlucken Muttermilch eine gute Portion Schutzstoffe mit, wenn die Hündin geimpft ist. Diese schützen ihn bis etwa zur elften Lebenswoche vor denjenigen Krankheiten, gegen die seine Mutter Abwehrstoffe besitzt. Ein kleiner Nachteil: Impfungen, die in diesem Zeitraum erfolgen, sind weniger wirksam. Trotzdem sollte der Zeitpunkt der ersten Impfung in der achten Lebenswoche liegen. Dadurch ist ein junger Hund in der ersten Trennungsphase geschützt, wenn er beispielsweise verkauft wird. Ab ungefähr der zwölften Woche ist die Wiederholungsimpfung des Junghundes anzusetzen. Er sollte natürlich entwurmt und munter sein. Die nächste Wiederholung aller Impfungen sollte nach einem Jahr erfolgen. Von da an jährliche Impfung gegen Tollwut, Leptospirose und Parvovirose und zweijährige Impfung gegen Staupe und ansteckende Leberentzündung. Einfacher ist eine jährliche Impfung mit Vierfach- oder Fünffachimpfstoff.

Erste Impfung in der 8. Lebenswoche

Wenn Sie einen erwachsenen Hund in Ihren Haushalt aufgenommen haben, sehen Sie in seinem Impfpaß das letzte Impfdatum nach und sorgen dann ein Jahr später für die nächste Impfung. Danach fahren Sie am besten fort, wie oben angegeben. Sollte Ihr neuer Hausgenosse ungeimpft aus einem Heim kommen oder zugelaufen sein, machen Sie zuerst eine Wurmkur und lassen dem Tier zwei Wochen Zeit zur Eingewöhnung, um dann erst zu impfen. Ist das Tier krank, kommt bis zur völligen Gesundung eine passive Immunisierung in Frage.

Einen *Basis-Impfplan* gegen Staupe, Leptospirose, Parvovirose, infektiöse Leberentzündung und Tollwut finden Sie auf Seite 67.

Ob Sie einen erwachsenen Hund gegen die Parvovirusinfektion impfen, hängt von der Häufigkeit der Krankheitsfälle in Ihrer Umgebung ab. Hat Ihr Tierarzt Erkrankungen beobachtet, sollten Sie Ihren Hund einmal jährlich impfen lassen. Besonders gefährdet sind Welpen und junge Hunde. Sind die Muttertiere geimpft (Impfung mit Wiederholungsimpfung, dann jährliche Auffrischung), reicht der Schutz aufgrund der Muttermilch für die ersten Wochen. Eine erste Impfung der Welpen sollte dann ab der sechsten Woche erfolgen, die Wiederholungsimpfung zwei bis vier Wochen später, danach jährlich, wenn notwendig.

Die Entscheidung trifft der Tierarzt

Das »infektiöse Welpensterben« ist keine spezifische Krankheit. Eine Vielzahl von Erregern kommt als Verursacher in Frage. Es gibt inzwi-

schen einen Impfstoff, der einigermaßen zuverlässigen Schutz bietet. Welpen müssen dann sofort nach der Geburt und noch einmal ein bis zwei Tage später geimpft werden. Auch das Muttertier kann zur Vorbeugung eine Woche vor der Geburt geimpft werden.
Hören Sie auf die Impfempfehlungen Ihres Tierarztes!

Impfplan

Tabelle 3: Impfplan

Welpenimpfung	
8. Lebenswoche	Vierfachimpfung gegen Staupe, Leberentzündung, Parvovirose und Leptospirose. Achten Sie auf diese Eintragungen im Impfpaß!
12. Lebenswoche:	Vierfachimpfung wie oben, oder mit zusätzlicher Tollwutimpfung.
1. Wiederholungsimpfung	
nach 1 Jahr	Vier- oder Fünffachimpfung
Weitere Wiederholungen	
jährlich:	Tollwut, Leptospirose, Parvovirose; zusätzlich
alle 2 Jahre:	Staupe, Leberentzündung
alternativ:	alljährlich Vier- oder Fünffachimpfung

Die wichtigsten Infektionskrankheiten beim Hund

Staupe: Das staupenerregende Virus ist weltweit verbreitet, so daß eine Impfung auf alle Fälle zu empfehlen ist, obwohl die Krankheit aufgrund der Impfhäufigkeit bei uns nicht mehr so oft auftritt. Besonders gefährdet sind Welpen und junge Hunde. Sie sollten daher sicher durch eine Impfung geschützt sein. Auch ältere Tiere können erkranken, vor allem, wenn sie geschwächt sind, schon krank sind oder Parasiten, wie Würmer, oder aber seelischen Kummer haben. Besonders leicht erfolgt eine Ansteckung natürlich dann, wenn ein Hund viel Kontakt mit ungeimpften Artgenossen hat – bei einer Hundehaltung in der Stadt, in Zwingern usw. Die Ansteckung erfolgt bei Staupe durch das gegenseitige Beschnuppern und Belecken und das Riechen an Harn oder Kot infizierter Tiere. Auch im Ausfluß von Augen und Nase sind Krankheitserreger enthalten, die über die Nahrung aufgenommen werden können. Bis zu zwei Monate lang können kranke Hunde das Staupevirus ausscheiden und gesunde Tiere dadurch infizieren. Die Hauptinfektionsquelle sind kranke Hunde.

Infektionsquellen

Drei bis sieben Tage nach der Ansteckung bricht die Krankheit aus, akut mit Fieber bis zu 41° Celsius. (Fiebermessen nicht vergessen!) Der Krankheitsverlauf von Staupe kann aber auch unauffällig wie eine harmlose Erkältung oder verkürzt, nur mit Fieber und Mattheit, verlaufen. Typischerweise kommt es neben dem Fieber zu Abgeschlagenheit, Appetitlosigkeit, Nasen- und Augenausfluß. Je nach der Beschaffenheit des Erregers, dem Gesundheitszustand und Alter des Hundes kann es zu verschiedenen Verlaufsformen der Staupe kommen.

Symptome und Krankheitsverlauf

Am häufigsten ist die Lungenstaupe, die Nase, Rachen und Augen betrifft und mit einer gefährlichen Lungenentzündung auf die Lunge übergreifen kann. Kennzeichen der Staupe ist auch ein zweimaliger Fieberanstieg, der aber nicht immer auftreten muß. Nach dem ersten Fieberschub von einigen Stunden bis zu mehreren Tagen wirkt der Hund vielleicht sogar eine Woche lang gesund, bis das Fieber wieder auf etwa 40° Celsius ansteigt. Es erkranken dann vorwiegend Organe, die schon vorher geschwächt beziehungsweise vorgeschädigt waren.

Die Hundestaupe tritt, wie gesagt, in verschiedenen Formen auf: Die **Lungenstaupe** (pneumonische, katarrhalische Form) ist die häufigste mit einer Temperaturerhöhung auf 39,5 - 41,0° Celsius. Sie hat ihren Sitz in der Schleimhaut der Nase und der Augenbindehaut und setzt sich von da aus häufig auf die Schleimhäute der Rachenhöhle, des Kehlkopfes, der Luftröhre und des Bronchialsystems mit seinen feinen Verzweigungen fort. Greift sie auf das Lungengewebe selbst über, kommt es zu einer schweren Lungenentzündung. Das Leiden beginnt mit einem Nachlassen der Munterkeit, des Appetites, mit öfterem Niesen, Trübung der Augen sowie einem kurzen, krächzenden Husten. Bald danach beobachtet man schleimig-eitrigen bzw. wäßrigen Ausfluß aus der Nase und den Augen. Verschlechtert sich der Zustand, treten Fieber, Abgeschlagenheit, Husten, eine beschleunigte Atmung und heftiges Würgen hinzu. Beim Druck auf Kehlkopf und Brust werden Schmerzen geäußert. Die Tiere verlassen oft kaum noch das Ruhelager und hören gänzlich auf zu fressen.

Verschiedene Verlaufsformen von Staupe

Die **Magen-Darm-Staupe** (gastrische Form) ergreift, wie der Name sagt, vorwiegend die Schleimhäute des Magen-Darm-Kanals. Sie beginnt mit Appetitlosigkeit und einer Hals-Kehlkopf-Entzündung, dann folgt Brechreiz oder auch tatsächliches Erbrechen einer größeren Menge zähen Schleimes. In der Folge kommt es zu Verdauungsstörungen, entweder zu einer Verstopfung, meist aber zu Durchfall. Oft machen sich gleichzeitig noch die Erscheinungen der katarrhalischen Staupeform bemerkbar. Überhaupt neigen die verschiedenen Verlaufsformen dazu, ineinander überzugehen.

Alle Erscheinungsformen der Staupe können gegen Ende der Krankheit einen Hautausschlag entwickeln. Diese **Hautstaupe** (exanthematöse Form) ist eine leichter verlaufende Form. Es kommt dabei zur Ausbildung kleiner, mit Flüssigkeit gefüllter Bläschen am Unterbauch bzw. an der Innenfläche der Oberschenkel. Da das Allgemeinbefinden bei einer Hautstaupe meist wenig gestört ist, werden diese Erscheinungen oft übersehen.

Allgemein gefürchtet ist die **nervöse Form der Staupe,** die oftmals nach einer Lungen- oder Darmstaupe auftritt. Sie kann aber auch zu Beginn der Krankheit in Erscheinung treten. Die »nervöse Staupe« ist mit Fieber verbunden, die Tiere sind sehr gereizt. Es kann zu Muskel- und Kaukrämpfen, Zuckungen der Kopfmuskeln oder Gliedmaßen, Verdrehungen des Kopfes, epileptischen Anfällen und Lähmungen (besonders in der Hinterhand) kommen. In ungünstigen Fällen kann die Lähmung auch auf die Atemmuskulatur übergreifen, was den Tod des Hundes zur Folge hat.

Eine besondere, aber seltene Staupeform ist die **Hartballenkrankheit.** Gekennzeichnet ist diese meist tödliche Verlaufsform durch eine Verhornung der Sohlenballen und des Nasenspiegels.

Hoher Gefährlichkeitsgrad

Je nach der Schwere des Krankheitsverlaufs und dem Auftreten von Zweitinfektionen sterben zwischen 30% und 80% der an Staupe erkrankten Hunde. Das zeigt nochmals die Bedeutung einer Impfung. Sollte Ihre Hund aber nun doch krank werden, braucht er neben der tierärztlichen Behandlung eine liebevolle Pflege, viel Zuwendung und kräftigende, leichtverdauliche Nahrungsmittel. Geben Sie Ihrem Hund auch ruhig einige Leckerbissen mehr als sonst.

Ansteckende Leberentzündung (Hepatitis contagiosa canis=H.c.c.): Auch die ansteckende Leberentzündung ist eine weltweit verbreitete Viruserkrankung. Sie verläuft ähnlich wie die Staupe und ist daher nicht so leicht von ihr zu unterscheiden. Die H.c.c. führt bei Welpen schnell zum Tod, beim ausgewachsenen Hund ist ihr Verlauf meistens milder. Junge Tiere sollten daher immer geimpft werden. Die Ansteckung erfolgt entweder direkt durch den Kontakt mit infizierten Tieren oder indirekt durch infiziertes Futter und Gegenstände. Bis etwa sechs Monate nach der Krankheit bleibt der Urin der schon längst wieder gesunden Tiere noch infektiös. Erwachsene Tiere erkranken oft unscheinbar, ohne daß es zum ausgeprägten Krankheitsbild kommt, und tragen auf diese Weise zur Verbreitung der Krankheit bei. Auch Hunde, die schon früher eine Leberentzündung durchmachten und daher gegen die Krankheit immun sind, können das Virus ausscheiden.

Symptome und Krankheitsverlauf

Die Krankheit beginnt nach einer Inkubationszeit von 2 - 5 Tagen. Von »sehr schwer« bis »unmerklich« reicht die Palette der möglichen Verlaufsformen. Am Anfang des akuten Krankheitsgeschehens stehen Apathie und Appetitlosigkeit, manchmal auch heftige Brechdurchfälle. Die Körpertemperatur steigt auf 40 - 41° Celsius an, die Tiere haben großen Durst. Später gesellen sich die Symptome einer schweren Erkältung dazu. Die Schleimhäute von Augen, Nase und Mund entzünden sich, die Mandeln sind oft stark geschwollen und gerötet. Leichte bis schwere Bauchschmerzen sind typisch. Tastet man den Vorderbauch des Hundes ab, führt das fast immer zu einer Schmerzreaktion. Sieben bis zehn Tage nach Beginn der Krankheit – in der

Rekonvaleszenz – kommt es zu einer vorübergehenden Trübung der Hornhaut. Die akute Krankheit dauert etwa eine Woche. Je nach Krankheitsverlauf sterben 10 - 50 % der erkrankten Hunde. Hunde-Säuglinge weisen eine noch wesentliche höhere Sterberate auf. Daher also am besten vorbeugend impfen und, wenn es zur Krankheit kommen sollte, liebevoll pflegen.

Die »Katzenseuche« des Hundes

Parvovirusinfektion (»Katzenseuche« des Hundes): Eine seit 1978 bekannte Virusinfektion ist die Parvovirusinfektion des Hundes. Der Erreger ist verwandt mit dem der Katzenseuche, aber nicht mit ihm identisch. Hunde können sich nicht bei Katzen anstecken, wie auch umgekehrt sich Katzen nicht durch Hunde infizieren können. Die Ansteckung erfolgt von Hund zu Hund oder auch über den Menschen, der das Virus weitertragen kann, ohne selbst zu erkranken. Vorwiegend werden Herzmuskel und Dünndarm befallen. Bei Welpen, die weniger als etwa drei Monate alt sind, kommt es zu einer Herzmuskelentzündung, die schnell zum Tode führt. Ab der siebten Lebenswoche erkrankt meistens der Darm. Es kommt zu Fieber, Erbrechen und heftigen, blutig-wäßrigen Durchfällen, verbunden mit einem starken Flüssigkeitsverlust der kranken Tiere. Die Hunde sind apathisch, haben keinerlei Appetit; aufgrund des Flüssigkeitsverlustes liegen die Augäpfel tief in den Höhlen, die Haut wird faltig. Die Krankheit befällt vor allem junge Hunde, etwa 70 % von ihnen sind nicht älter als ein halbes Jahr. Aber auch ältere Hunde können krank werden. Vor allem Züchtern ist eine Impfung anzuraten, ansonsten bleibt sie eine Ermessensfrage. Sprechen Sie mit Ihrem Tierarzt. Hat er in seiner Praxis Parvovirusfälle beobachtet, sollte man impfen lassen. Es besteht übrigens kein Anlaß, sich übertriebene Sorgen zu machen: Durchfälle sind bei Hunden sehr häufig, und nur selten liegt eine Parvovirusinfektion zugrunde.

Symptome und Krankheitsverlauf

Coronavirusenteritis: Die Coronavirusenteritis ist eine akute Durchfallerkrankung, die fast ausschließlich bei Welpen auftritt. Je jünger die Hunde sind, desto stärker können Durchfall und damit Austrocknung und Gewichtsverlust werden. Selten jedoch verläuft die Krankheit so schwer wie eine Parvovirusinfektion, die Tiere gesunden in der Regel nach ein bis zwei Wochen.

Nicht durch Hunde übertragbar

Toxoplasmose: Ein einzelliges Kleinstlebewesen verursacht diese Krankheit, die dafür bekannt ist, daß es im Fall der Ansteckung einer schwangeren Frau zu Mißbildungen des Ungeborenen kommen kann. Aber – eine gute Nachricht – Toxoplasmose ist *nicht durch Hunde auf den Menschen übertragbar.* Infektionsquelle für den Menschen sind Katzen und rohes Fleisch. Erkrankt ein Hund an Toxoplasmose, so verläuft die Krankheit meistens unentdeckt und leicht.

Auf den Menschen übertragbare Hunde-Krankheiten

Impfung ist unbedingt anzuraten

Leptospirosen (Stuttgarter Hundeseuche, Morbus Weil): Die Leptospiren sind eine auf der ganzen Welt verbreitete Bakteriengattung, die verschiedene Infektionskrankheiten verursacht, die man unter dem Begriff Leptospirosen zusammenfaßt. Hauptsächlich zwei Erregertypen spielen beim Hund eine Rolle: Leptospira icterohämorrhagica, der Erreger des Morbus Weil, und Leptospira canicola, der Erreger der Stuttgarter Hundeseuche. Beide Krankheiten sind auf den Menschen übertragbar. Die Weilsche Krankheit ist vor allem in der Leber des Hundes lokalisiert und ruft auch beim Menschen eine sehr unangenehme Leberentzündung hervor. Die Stuttgarter Hundeseuche befällt vorwiegend die Nieren, ist gleichfalls für den Menschen ansteckend, aber weniger gefährlich. Die Leptospiroseimpfung ist daher auch aufgrund der Gefährdung der Hundehalter unbedingt anzuraten. Besonders krankheitsgefährdet sind Jagdhunde und alle Hunde, die mit Wasser zu tun haben. Die dort lebenden Nagetiere, vor allem Ratten und Mäuse, gehören mit zu den Hauptverbreitern der Leptospirosen. Die Erreger werden mit dem Urin, auch mit dem Speichel ausgeschieden und dringen über Haut und Schleimhaut in den Organismus ein. Nach einer ungenauen Inkubationszeit von 4 - 14 Tagen kommt es zu Leber-, Nieren-, Magen- und Darmstörungen. Beide Leptospirosen beginnen mit Mattigkeit und einem oft schnellen Temperaturanstieg. Im großen und ganzen können Hunde in jedem Lebensalter an Leptospirose erkranken, wobei schwache Tiere besonders gefährdet sind.

Entsprechend den beiden Erregertypen unterscheidet man zwei Krankheitsformen der Leptospirose beim Hund:

Morbus Weil, die gelbsüchtige Form, beginnt mit Fieber, Mattigkeit, Appetitlosigkeit und Erbrechen. Die Körpertemperatur kann im normalen Bereich oder darunter liegen. Infolge der schweren Erkrankung entwickelt sich nach einigen Tagen eine Gelbsucht mit einer gelben Verfärbung der Haut und Schleimhäute. Der Harn ist dunkelbraun verfärbt. Blutige Brechdurchfälle in Verbindung mit zunehmendem Kräfteverfall führen vielfach zum Tode des Hundes.

Symptome und Krankheitsverlauf

Die **Stuttgarter Hundeseuche,** die Nierenform, äußert sich durch Fieber, eine Nierenentzündung und durch Harnvergiftung. Das Allgemeinbefinden ist durch gelegentliche Untertemperaturen, Mattigkeit, Teilnahmslosigkeit und Appetitlosigkeit gestört. Blutiger Durchfall und Flüssigkeitsverlust schwächen den ganzen Organismus. Auf der Mundschleimhaut können sich kleine, leicht blutende Geschwüre bilden, aus dem Fang des Hundes entströmt ein übler, an Harn erinnernder Geruch. Wenn der Hund die Krankheit übersteht, bleibt doch oft ein Nierenschaden zurück, der sich im Verlauf späterer Jahre bemerkbar macht. Die Krankheit kann aber auch innerhalb kurzer Zeit durch Kreislaufversagen zum Tode führen.

Hoher Gefährlichkeitsgrad

Die jährliche Impfung bietet einen zuverlässigen Schutz gegen Leptospirose und ist, wie gesagt, unbedingt anzuraten.

Tollwut (Lyssa, Rabies): Die Tollwut ist eine Viruserkrankung, die Tiere und auch Menschen befallen kann und fast ohne Ausnahme zum Tode führt. Das Virus kann von den meisten Säugetieren übertragen werden, besonders anfällig sind Füchse. Gelangt virushaltiger Speichel in eine offene Wunde – das ist die Voraussetzung für eine Ansteckung – erkranken Hunde mit einer Wahrscheinlichkeit von etwa 30 %.

Eine Schutzimpfung gegen Tollwut ist sinnvoll, wenn Ihr Hund mit Wild in Berührung kommen kann, wenn Sie also weite Spaziergänge in grüner Flur unternehmen oder auf die Jagd gehen. Selbstverständlich sollten Sie auch immer impfen, wenn Sie sich mit Ihrem Hund in tollwutgefährdeten Bezirken aufhalten. Grundsätzlich also bei schon der geringsten Ansteckungsmöglichkeit und Tollwutgefahr in Ihrer Gegend. Für die Länder außerhalb der Bundesrepublik ist die Tollwut-

Pflichtimpfung ist unverzichtbar

impfung Pflicht. Genaue Auskunft erteilt Ihr zuständiges Veterinäramt. Noch ein Hinweis: Von Behördenseite wird immer die Tötung des Hundes angeordnet, wenn der Verdacht besteht, Ihr Hund sei in Kontakt mit einem Tier gekommen, das an Tollwut erkrankt ist oder verdächtigt wird, daran erkrankt zu sein. Das können Sie verhindern, wenn Sie anhand eines Impfpasses die ordnungsgemäß durchgeführte Tollwutimpfung nachweisen können.

Symptome

Pseudowut (»Falsche Wut«, »Juckseuche«, Fachwort: Aujeszkysche Krankheit): Wie der Name schon sagt, handelt es sich um eine Krankheit, die mit der Tollwut verwechselt werden kann. Der Erreger ist eine Herpesvirusart, die hauptsächlich Schweine befällt. Für ihre Halter spielt die Krankheit auch eine wirtschaftliche Rolle. Prinzipiell aber können alle Haustiere infiziert werden, mit Ausnahme von Pferden. Bei Menschen sind bisher nur einige mild verlaufende Infektionen in Labors mit Juckreiz und Mattigkeit bekannt geworden. Hunde werden krank, wenn sie virusverseuchtes rohes Schweinefleisch essen, durch Kontakt mit Ratten oder Schweinen. Die Krankheit tritt bei Hunden allerdings selten auf. Die Inkubationszeit beträgt 2 - 9 Tage, kann aber auch länger dauern. Die ersten Erscheinungen ähneln denen der Tollwut: Der Hund ist müde und matt, verkriecht sich und hat keinen Appetit. Lähmungen der Schlundmuskulatur mit Schluckbeschwerden und vermehrtem Speichelfluß folgen bald. Typisch ist dann der nicht zu unterdrückende Juckreiz. Die kranken Tiere kratzen, beißen und lecken sich bis zum Bluten. Tobsuchtsanfälle und Krämpfe können auftreten, nach ein bis zwei Tagen tritt durch Lähmungen der Tod ein. Heilungen sind noch nicht bekannt geworden, auch steht bis jetzt kein Impfstoff zur Verfügung. Vorbeugend kann nur vom Verfüttern rohen Schweinefleischs abgeraten werden. Unbedingt und wieder unverzüglich ist bei einem Krankheitsverdacht der Amtstierarzt zu verständigen. Ein Laie kann die Symptome von Tollwut und Pseudowut nicht unterscheiden.

Vor Schweinefleisch wird gewarnt

Tuberkulose: Tuberkulose ist inzwischen ausgesprochen selten, soll aber erwähnt werden, da sie vom Hund auf den Menschen übertragbar ist, wie allerdings auch umgekehrt vom Menschen auf den Hund. Hunde können den Erreger aufnehmen: über das Futter mit ungekochter Frischmilch oder kranken Fleischteilen, über die Haut durch den Speichel beim gegenseitigen Belecken oder durch Kratzwunden und durch Tröpfcheninfektion über die Atemluft. Eine Ansteckung Hund-Mensch konnte nur sehr selten nachgewiesen werden, häufiger umgekehrt.

Meist kommt es zur Abheilung des Erstinfektes, der in der Regel unmerklich verläuft. Durch Streßsituationen kann sich die Tb allerdings noch Jahre später ausbreiten. Einzelne Organe werden befallen, im Rahmen einer massiven Ausbreitung auch mehrere Organe. Nach Sitz und Ausbreitung der Infektion richten sich die Symptome: Haut-Tb erscheint als chronisch-geschwürige Hautentzündung, besonders häufig am Kopf, aber auch am Rücken und an den Beinen; Lungen-Tb führt zu Husten und Lungenentzündung, wechselhaftem mäßigem Fieber, Atemnot, vertiefter schneller Atmung und Abmagerung; auch bei Darm-Tb kommt es zur Abmagerung sowie zu Durchfall, der mit Verstopfung wechseln kann.

Hoher Gefährlichkeitsgrad

Eine sichere Diagnose der Tuberkulose kann grundsätzlich nur über den Erregernachweis gestellt werden. Aufgrund der Ansteckungsgefahr für den Menschen sowie der erforderlichen, langwierigen und kostspieligen Behandlung wird der Tierarzt meistens die Tötung des infizierten Tieres anraten. Außerdem ist die Sterblichkeit der Tiere bei einer ausgeprägten Tb ohnehin sehr hoch. Jede Selbstbehandlung verbietet sich auch hier.

Mykosen (Pilzerkrankungen): Verschiedene Pilze (Microsporumarten, Trochophyton) können Hautpilzerkrankungen hervorrufen. Menschen können sich an Tieren infizieren, aber auch Tiere am Menschen, allerdings weniger häufig. Pilze können viele Monate lang infektiös bleiben. Die Ansteckung erfolgt durch direkten Kontakt mit Tieren oder Menschen, in der gemeinsamen Wohnung, durch Bürsten und Kämme, und zwar besonders dann, wenn die Abwehrlage nicht die beste ist. Hunde können den Pilz auch beherbergen, ohne daß es zur Krankheit kommt. *Trochophytie* führt beim Hund zu festsitzenden Borken, die Haarausfall mit ein wenig Juckreiz verursachen. *Mikrosporie* verursacht in ihrem typischen Bild runde und begrenzte, juckende, gerötete, haarlose Stellen, die sich ausbreiten. Meist werden die Tiere matt und träge

Pilzerkrankungen sind hochinfektiös

im Verlauf der Krankheit. Aber auch ein untypischer, vermehrter Haarausfall mit Juckreiz kann auf eine Pilzerkrankung hindeuten. Die eindeutige Diagnose und Behandlung ist dem Arzt zu überlassen, auf Hygiene ist zu achten.

Diagnose durch den Tierarzt

Erwähnt werden soll noch die *Candida-Pilzerkrankung,* die Haut und Schleimhäute betrifft. Mund, Rachen und Nase zeigen weißlich-graue Beläge mit starker entzündlicher Rötung der Schleimhaut. Beim Menschen ist diese Erkrankung besser bekannt als Soor.
Hautinfektionen des Hundes mit Candida sind wesentlich seltener und treten am ehesten im Gehörgang auf.

Wurmkrankheiten: Auch verschiedene Wurmkrankheiten sind auf den Menschen übertragbar (siehe Seite 116). Daher sollte unbedingt für eine regelmäßige Entwurmung gesorgt werden!

Untersuchung und Behandlung

Beschwerden, die auf eine Krankheit Ihres Hundes hindeuten

Es ist oft nicht leicht zu erkennen, ob einem Hund etwas fehlt. Drei Fragen stehen bei der Beurteilung zunächst im Vordergrund:

- Verhält und bewegt sich Ihr Hund wie sonst auch, nimmt er wie gewohnt Anteil an seiner Umgebung, oder wirkt er benommen und apathisch?
- Ist sein Appetit normal oder stark verringert?
- Hat er Fieber?

Wenn diese drei Beschwerdebilder auftreten, bringen Sie Ihren Hund am besten baldmöglichst zu einer tierärztlichen Untersuchung. Vermutlich ist er an einer Allgemeininfektion erkrankt.

Gesundheits-Checkliste

Viele weitere äußere Merkmale können Ihnen Hinweise auf eine mögliche Krankheit Ihres Hundes geben, etwa

- wenn er abmagert oder die Nahrung verweigert, die er sonst immer liebte;
- wenn er ständig erbricht, Durchfall oder Verstopfung hat;
- wenn er sich ständig kratzt;
- wenn ihm die Haare ausfallen außerhalb der Zeiten des normalen Haarwechsels im Frühjahr und Herbst oder wenn im Haarkleid Verfärbungen oder Scheuerstellen auftreten;
- wenn die Haut Borken, Auflagerungen, Verdickungen, Rötungen oder knotige Verdickungen aufweist oder schlecht riecht;
- wenn Sekret aus Augen oder Nase fließt;
- wenn er hustet oder schnieft;
- wenn er aus dem Maul oder dem After riecht;

- wenn er auf einmal extrem unruhig, schreckhaft, benommen oder aggressiv ist;
- wenn er ständig besonders schnell atmet und hechelt;
- wenn er zuviel schläft;
- wenn seine Körpertemperatur erhöht ist;
- wenn auch ohne Belastung die Pulsfrequenz erhöht ist.

Abmagerung kann verschiedene Ursachen haben

Vielen dieser Beschwerden muß natürlich nicht gleich eine Krankheit zugrunde liegen, vor allem, wenn sie nur kurzfristig auftreten. Magerkeit eines Hundes beispielsweise kann verschiedene Dinge anzeigen, und zwar zuallererst einmal Hunger. Jetzt denken Sie vielleicht, und das auch zu Recht, welcher Hundebesitzer seinen Liebling wohl hungern lassen würde? Hin und wieder kann dies aber vorkommen. Etwa bei dem Hundebesitzer, dessen erster Hund aufgrund einer jahrelangen Überfütterung gestorben war und der seinen zweiten Hund dann voll guter Absicht aus der schlechten Erfahrung heraus mehr als knapp hält. Unklug ist in diesem Fall, daß er sich nicht richtig überlegte, was sein jetziger Hund wirklich braucht. Es handelt sich wahrscheinlich zum einen um ein wesentlich aktiveres Tier, als das erste es war; zum anderen ist es vielleicht noch im Wachstum begriffen, einer Phase also, in der jeder Hund energiereiches Futter benötigt.

Ein Hund kann auch aus psychischen Gründen abmagern, etwa bei einem Ortswechsel oder nach der Ankunft eines Babys in seiner Familie (Liebesentzug!). Daneben gibt es natürlich noch verschiedene krankheitsbedingte Ursachen für eine Abmagerung, etwa Krankheiten der Bauchspeicheldrüse und Magen-Darm-Entzündungen. Ein gar nicht so seltener Grund, besonders wenn die Wurmkuren vernachlässigt werden, ist Wurmbefall.

Im Zweifelsfall zum Tierarzt

Die meisten dieser Hinweise springen einem im wahrsten Sinn des Wortes ins Auge, so daß es oft keineswegs schwierig ist, zu erkennen, daß dem Hund irgend etwas fehlt. Weniger leicht ist die genaue Diagnose. Sollten Sie Zweifel haben oder die Beschwerden Ihres Hundes ernsterer Natur sein, ist ohnehin baldmöglichst ein Tierarzt zu Rate zu ziehen. Genaueren Aufschluß kann Ihnen auch als Laie eine einfache Untersuchung des Hundes geben. Dazu gehört: Fieber zu messen und das Haarkleid, die Haut, die Ohren oder die Mundhöhle genau zu inspizieren.

Worauf Sie bei der Untersuchung Ihres Hundes achten sollten

Mit dem Nackengriff halten Sie den Hund sicher

Um einen Hund genauer untersuchen und um bestimmte therapeutische oder auch pflegerische Maßnahmen besser durchführen zu können, wie etwa die Reinigung des Gebisses, der Ohren und des Fells, heben Sie ihn am besten hoch und stellen ihn auf einen Tisch. Dabei faßt man das Tier am besten mit der einen Hand am Nacken, während der freie Arm angewinkelt unter den Bauch geschoben wird, um es dann anzuheben. Der Nackengriff erweist sich erfahrungsgemäß als nützlich, weil man damit auch plötzliche Abwehrattacken des Hundes verhältnismäßig leicht abwehren kann.

Für die Seitenlage braucht man Hilfe

Für einige Untersuchungen und Behandlungen muß man den Hund dann in Seitenlage bringen. Dazu fassen Sie, von sich aus gesehen, mit einer Hand das Vorderbein und mit der anderen das Hinterbein der Seite des Hundes, die Ihnen gegenüberliegt, und ziehen diese schnell unter dem Tier weg, in Richtung auf Sie zu. Eine Hilfsperson auf der gegenüberliegenden Seite des Tisches greift nun diese beiden Beine über den Rücken des Hundes hinweg, wobei sie gleichzeitig mit den Unterarmen und Ellenbogen das Tier in der Schulter-, Hals- sowie Flankengegend mit Gefühl niederdrückt. Vorder- und Hinterbeine können dann – falls notwendig – auch vorsichtig zusammengebunden werden. Für eine zweite Person ist es nun leicht, die gründliche Untersuchung vorzunehmen. Beine, Bauch, Ohren, Augen, Zähne (auch mit angelegter Krawattenschlinge), After: alles kann in Ruhe angeschaut und betastet werden.

So erkennen Sie Schmerzreaktionen

Eine Schmerzreaktion erkennen Sie am Winseln, beim eingeschüchterten oder besonders tapferen Hund am plötzlichen Lecken. Die Tischunterlage sollte natürlich weich sein, damit sich das Tier beim plötzlichen Umlegen nicht verletzen kann.

Und noch ein Tip: Je konsequenter und je weniger ängstlich Sie beim ersten Mal zufassen, um so geduldiger wird ein Hund bei allen weiteren Versuchen sein.

Ein Halsband eignet sich schlecht zum Festhalten, Sie würgen Ihren Hund damit nur. Macht er Schwierigkeiten, ist der feste (!) Griff ins Nackenfell psychologisch richtig. Das imponiert jedem Hund, da er schon von seiner Mutter so »in Schach« gehalten wurde.

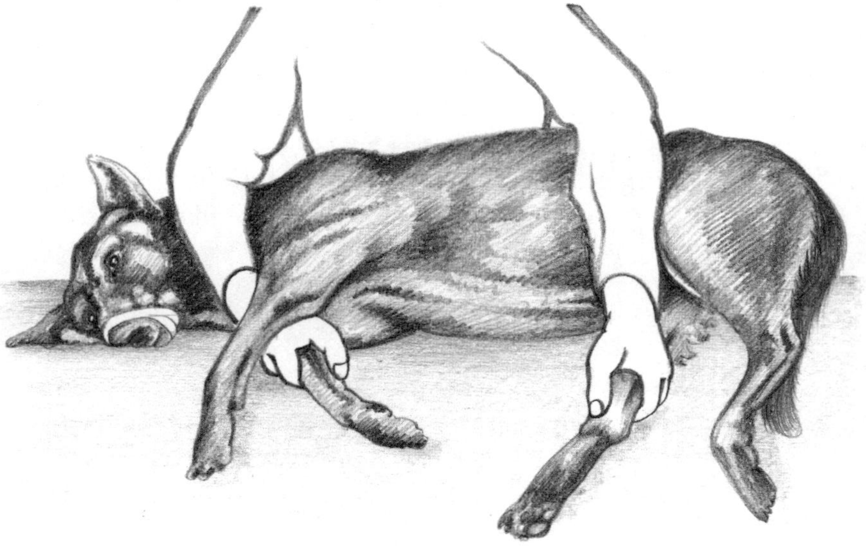

Abb. 7: Für Untersuchung und Behandlung bringt man den Hund in die Seitenlage. Ein Helfer faßt die Beine des Hundes und hält ihn gefühlvoll nieder.

Temperamentvollen Hunden einen Beißschutz anlegen

Bei temperamentvollen Hundecharakteren empfiehlt es sich, vor der Untersuchung einen Beißschutz anzulegen. Maulkörbe sind dafür sehr geeignet. Sie können Ihrem Hund auch einfach die Schnauze kunstgerecht zubinden. Dazu benutzt man eine feste Binde von entsprechender Länge, je nach Größe des Hundes. Diese Binde wird so um den Fang gelegt, daß sie unter dem Unterkiefer mit einer einfachen Schleife zusammengezogen werden kann. Die beiden freien Bandenden führt man hinter die Ohren und verknüpft sie dort.
Wichtig: Nach Beendigung der Prozedur lösen Sie die Schlinge eigenhändig ab, der Hund darf sie nicht selbst abstreifen. Ist ihm das einmal geglückt, wird er es immer wieder versuchen.
Die Messungen von Puls, Körpertemperatur und Atmung sollten möglichst in völliger Ruhe vorgenommen werden.
Eine Person hält dabei das Tier am Genick und am Unterkiefer fest (Genick-Unterkiefer-Griff), während die andere die erforderlichen

Werte ermittelt. Fassen Sie das Tier nicht plötzlich an, sondern tasten Sie sich vorsichtig, mit beruhigenden Worten und einem leichten Klopfen der flachen Hand an die seitliche Brustwand, an das Tier heran. Um sich vor einem plötzlichen Zubeißen bei entsprechend temperamentvollen Hunden einigermaßen zu schützen, sollte der Fang niemals mit der geöffneten Hand von vorn berührt werden. Man nähert sich mit geballter Faust von der Seite her. Bei bissigen Tieren muß der Fang zugebunden werden.

Den Fang nicht von vorn berühren

Wie Sie bei der Untersuchung und Behandlung Ihres Hundes vorgehen

Messung der Pulsfrequenz: Die Anzahl der Pulswellen beim Hund schwankt je nach Körpergröße sehr stark zwischen 60 und 120 pro Minute. Wenn Aufregung hinzukommt, wird der Puls völlig unregelmäßig. Sollte Ihnen dadurch noch nicht die Zuversicht genommen sein: Man fühlt den Puls mit Zeige- und Mittelfinger an der Innenseite des Hinterbeines, oberhalb des Kniegelenkes, etwa in der Mitte. Die starke Oberschenkelarterie ist dort gut zu tasten. Drücken Sie sie leicht gegen den Oberschenkelknochen, und zählen Sie die Anzahl der Pulsschläge innerhalb einer Minute. Leichte Unregelmäßigkeiten im Rhythmus gelten als normal.

Messung der Körpertemperatur: Die Körpertemperatur wird mit einem Fieberthermometer in Grad Celsius (°C) 3 Minuten lang im Mastdarm gemessen. Die modernen elektronischen Thermometer brauchen nur noch etwa eine Minute. Bestreichen Sie ein Thermometer an der Spitze mit Vaseline, und führen Sie es unter vorsichtigen, drehenden Bewegungen etwa 5 cm tief in den Mastdarm ein. Damit der Hund mit dem Hinterteil nicht ausweichen kann, erfaßt man seinen Schwanz und zieht ihn etwas hoch. Bei kupierten Hunden führt man dazu die flache Hand oder den Unterarm unter den Leib des Tieres.

Thermometer gut einfetten

Liegt der Hund, kann das gut gefettete Thermometer mühelos in den After eingeführt werden. Es ist eine unangenehme Angelegenheit,

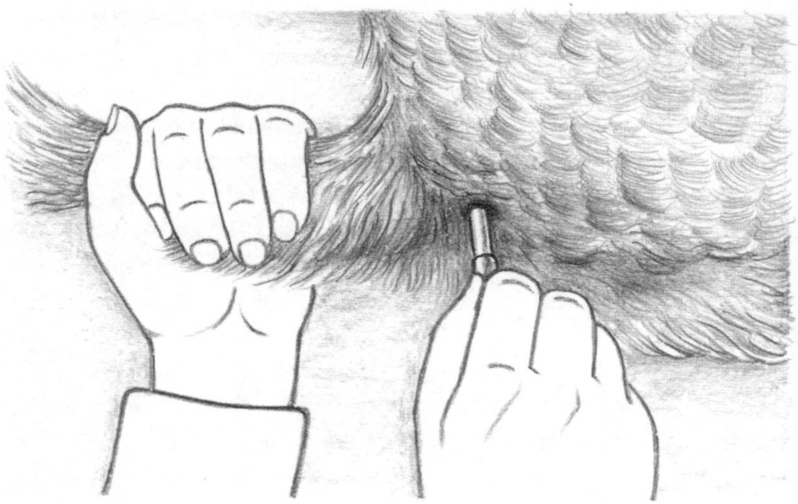

Abb. 8: Wenn der Hund liegt, ist das Fiebermessen leicht und ungefährlich.

wenn der Hund steht und sich dauernd bewegt, außerdem noch gefährlich, da der Darm durch das Instrument verletzt werden kann. Im Liegen geht das Fiebermessen jedoch problemlos.
Von Fieber spricht man ab etwa 38,5°C. Jüngere Tiere haben, auch wenn sie gesund sind, eine etwas höhere Temperatur als ältere.

Atmung: Die Atemzüge werden eine Minute lang gezählt. Bei einem Atemzug hebt und senkt sich der Brustkorb einmal. 1 Atemzug = Einatmung + Ausatmung.
Die Normalwerte von Puls, Temperatur und Atmung finden Sie auf Seite 26.

Tricks zur Medikamentenverabreichung

Die Eingabe von Tabletten: Bei manchen Tieren kann die Eingabe von festen Stoffen wie Tabletten oder Pillen Schwierigkeiten verursachen. Wenn sie nicht unangenehm schmecken, lassen sie sich zerbröselt unter eine kleine Futtermenge mischen, die rasch aufgefressen wird. Sonst drücken Sie die Tablette in etwas weiche Wurst oder Hackfleisch und necken den Hund zuerst damit. Erwischt er dann den Bissen endlich, schluckt er ihn meist sofort.

Bei gutmütigen Tieren können Sie Tabletten eingeben, indem Sie den Fang öffnen und die Tablette mit zwei Fingern tief in den Rachen bis hinter den Zungengrund schieben. Dann halten Sie den Fang mit den Händen zu, bis der Hund abgeschluckt hat. Manche Hunde spucken allerdings selbst dann noch Medikamente wieder aus. Achten Sie auf die Schluckbewegungen.

Die Eingabe von Flüssigkeiten: Für die Eingabe von Flüssigkeiten ist der Hund ideal gebaut. Mit einer Hand hält man ihm die Schnauze zu, die Nase leicht nach oben. Die andere Hand zieht eine Lippe herab, so daß sich eine Backentasche bildet. Nun kann eine zweite Person das Medikament bequem einschütten. Ihr Hund will nicht abschlucken? Massieren Sie dann einfach leicht den Kehlkopf.
Verschluckt sich das Tier, kommt es zu einem Hustenanfall, lassen Sie sofort los!
Bei einem bissigen Hund kann man die Schnauze während der Medikamenteneingabe zugebunden lassen.

Kehlkopfmassage fördert Schluckimpuls

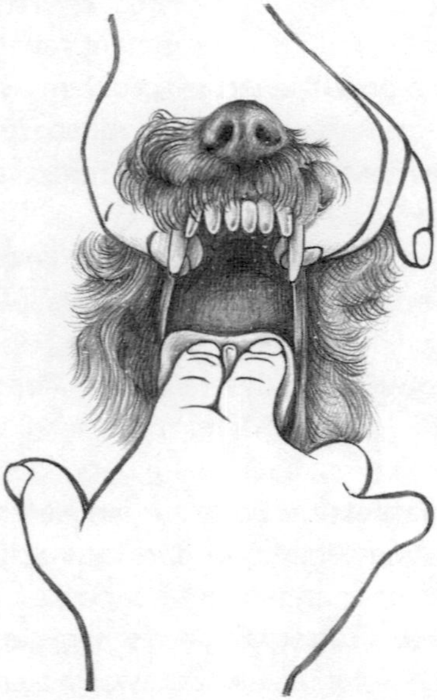

Abb. 9: Tabletten, die Hund nicht mag, kann man mit zwei Fingern hinter die Zunge schieben.

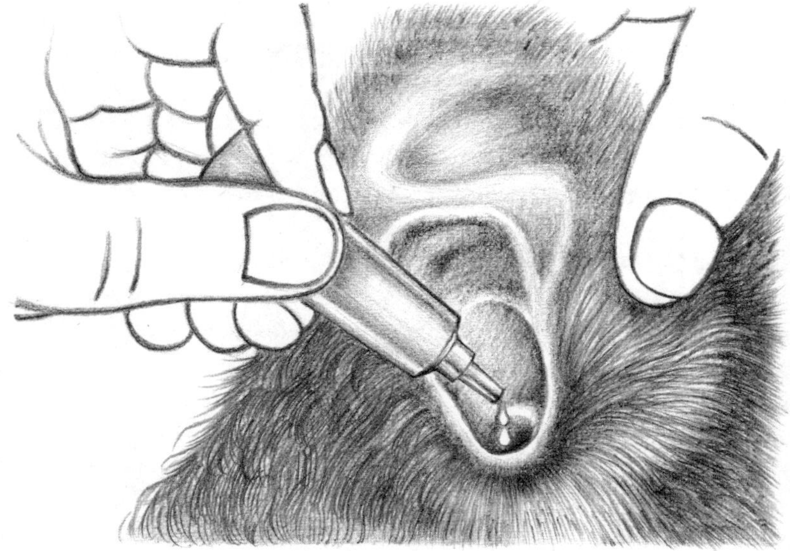

Abb. 10.: Verbunden mit einer Massage des Ohrgrundes lassen sich Ohrentropfen leichter eingeben.

Eine Ohrenmassage ist nützlich und wohltuend

Das Verabreichen von Ohrentropfen: Wenn Ohrentropfen verabreicht werden sollen, läßt man den Hund absitzen. Die Flüssigkeit rinnt besser in den gewinkelten Gehörgang hinein, wenn Sie die Ohrmuschel sanft nach hinten und oben ziehen. Das Tier wird gleich versuchen, seinen Kopf zu schütteln. Damit wurde schon so manches Kleidungsstück gründlich verschmutzt, abgesehen davon, daß ein Großteil des Medikaments herausgeschleudert wird. Halten Sie daher den Kopf gut fest, auch bei dem nun folgenden Behandlungsteil: Massieren Sie die Gegend des Ohrgrundes schonend, aber sorgfältig. Man spürt dann den knorpeligen Gehörgang, der unten an den Knochen stößt. Richtig durchgeführt, ist eine solche Massage ein Genuß für den Hund, die er sich wohlig gefallen lassen wird.

Das Verabreichen von Zäpfchen: In der Liegeposition läßt sich auch ein Zäpfchen bequem verabreichen. Zumindest beim ersten Mal sollten Sie es so machen. Ein selbstbewußter Hund allerdings weiß nicht, was ihm da geschieht, wenn er solchermaßen traktiert wird. Er könnte zu beißen versuchen. Später geht es auch, wenn eine Person den Hund am Nackenfell hält, die andere mit der linken Hand den Schwanz packt und mit der rechten das Zäpfchen einschiebt. Eingefettet rutscht es besser. Anschließend dann die Rute einige Zeit auf den After drücken.

Das Anlagen von Verbänden: Das Anlegen eines gut sitzenden Verbandes beim Hund bereitet meistens Schwierigkeiten. Ist es schließlich gelungen, einen Verband anzulegen, so sind die Tiere bestrebt, sich dieses »Hindernisses« durch Scheuern, Kratzen und Zerbeißen zu entledigen. Zu lockere Verbände werden über kurz oder lang vom Patienten wieder abgestreift. Sitzt ein Verband andererseits zu fest, kann es im Bereich der Gliedmaßen zu Stauungen kommen, so daß beispielsweise die Beine anschwellen. Lassen Sie sich daher am besten das Verbandanlegen von Ihrem Tierarzt zeigen.

Anschauungs-unterricht beim Tierarzt

Desinfektion: Trotz peinlicher Pflege und größter Sauberkeit kann sich ein Hund durchaus einmal eine Infektion oder auch Ungeziefer zuziehen. Das Zusammentreffen mit fremden Hunden, das Sie hoffentlich auch gar nicht verhindern wollen, ist stets eine Gefahrenquelle. Aber auch bei einem freien Auslauf ist die Übertragung von ansteckenden Krankheiten möglich. Kranke Hunde verschleppen die Kranheitserreger, indem sie ihren Harn und Kot an Zäunen, Bäumen, Bordsteinkanten und Feldsteinen absetzen. Auch die Besitzer kranker Hunde selbst können bei einigen Krankheiten zu Infektionsträgern werden. Die Möglichkeiten, eine Hunde-Krankheit zu verbreiten, sind also recht vielgestaltig. Für übermäßige Ängstlichkeit besteht trotzdem kein Anlaß.

Durch eine regelmäßige Desinfektion der Lagerstätte des Hundes, seiner Leine, des Halsbandes, des gesamten Zwingers und nicht zuletzt des Hundes selbst, allerdings immer mit den geeigneten Desinfektionsmitteln, wird die Gefahr einer Krankheitsübertragung schon wesentlich vermindert. Auch das Abkochen und Abscheuern von Gegenständen des täglichen Gebrauchs mit einer Desinfektionslösung wirkt vorbeugend.

Hygiene ist die beste Vorbeuge-maßnahme

Eine intensive Desinfektion von Wohnung und Zwinger ist dann notwendig, wenn ein Hund an einer ansteckenden Krankheit verendet ist

Viel Licht, Luft und Sonne sind oberstes Gebot

und die Absicht besteht, einen anderen Hund zu erwerben. Neben dieser Vorsichtsmaßnahme wird es dann auch erforderlich sein, den neuerworbenen Hund durch tägliche Temperaturkontrollen eine gewisse Zeit lang genau zu beobachten und bei Abweichungen von den normalen Werten sofort den Tierarzt in Anspruch zu nehmen. Intensive Desinfektionen müssen sachgemäß durchgeführt werden, sonst werden verschiedene Krankheitskeime in ihrer Aktivität nur vorübergehend gehemmt, die bei »günstiger« Gelegenheit dann wieder zuschlagen.

Es gibt eine Vielzahl von Desinfektionsmitteln. Sollten diese gebraucht werden, kann der Fachmann dazu die entsprechenden Ratschläge geben. Licht, Luft und Sonne unterstützen alle Desinfektionsvorhaben ganz wesentlich.

Abb. 11: Um den Fang für die Untersuchung offen zu halten, kann man ein entsprechend großes, rundes Stück Holz verwenden.

Das Öffnen des Fanges: Um die Mundhöhle des Hundes untersuchen zu können, muß man diese öffnen. Bei einem gutmütigen Tier ergreift man dazu mit einer Hand das Genick, während die andere den Unterkiefer hält. Mit Daumen und Zeigefinger werden nun, langsam kräftiger werdend, die Lippen zwischen die Zahnreihen gedrückt, wodurch ein geringfügiger Schmerz erzeugt wird, der zum Öffnen des Fanges zwingt. Wenn der Hund irritiert den Fang öffnet, können Sie einen kleinen Trick anwenden: Sie sorgen dafür, daß zwischen Ihren Fingern und seinen Zähnen immer die Lefzen liegen. Beim Schnappen beißt er sich dann selber, so daß er überhaupt nicht ernsthaft versuchen wird, Schwierigkeiten zu machen. Beißfreudigen Tieren legt man jeweils eine Schlinge aus kräftiger Schnur um Ober- und Unterkiefer. Damit läßt sich die Schnauze zwar öffnen, aber diese Prozedur ist besser dem Tierarzt zu überlassen. Bei dem meist damit verbundenen Gerangel mit dem temperamentvollen Tier können Sie ohnehin nicht viel sehen und untersuchen.

Der Trick mit dem Keil

Eine Möglichkeit, die Mundhöhle tiefer zu besichtigen, besteht darin, ein rundes Stück Holz oder einen Maulkeil zwischen die Zahnreihen des Ober- und Unterkiefers zu schieben, natürlich unter Berücksichtigung der Körpergröße des Hundes.

Homöopathische Arzneimittel – Helfen sie auch?

Vielleicht überrascht es Sie, wenn ich auf den nächsten Seiten, bei der Besprechung der kleineren und größeren Beschwerden Ihres Hundes, an vielen Stellen die Verabreichung homöopathischer Mittel empfehle. Immer noch glauben viele Menschen, daß die Wirkung dieser hochverdünnten Heilmittel auf Autosuggestion beruhe beziehungsweise auf dem reinen Glauben an ihre Wirkung.

Die Anwendung homöopathischer Mittel bei Tieren und die Erfolge, die damit erzielt werden, sprechen jedoch eine andere Sprache, und wenn Ihnen selbst schon einmal eine solche Medizin geholfen hat, dann müssen Sie ohnedies kaum noch überzeugt werden.

Homöopathie geht an die Ursache und nicht nur an die Symptome

Eine homöopathische Therapie unterdrückt die Symptome einer Krankheit nicht, wie starke chemische Mittel das tun. Kleine Mengen natürlicher Stoffe, die ein ähnliches Wirkungsbild haben wie Krankheit selbst, führen die Heilung herbei. Ein Beispiel für die Gültigkeit dieses homöopathischen Grundsatzes ist etwa Schwefel: Größere Dosen von Schwefel führen zu Hautausschlägen, kleine, homöopathisch zubereitete Dosierungen haben den gegenteiligen Effekt, also eine Umkehrwirkung: Sie heilen alle diejenigen Hautausschläge, die dem Bild des Hautausschlags entsprechen, der von einer starken Schwefel-Dosierung hervorgerufen wurde. Die kleine, homöopathische Schwefeldosierung wirkt als Heilreiz auf den Körper.

Homöopathie hat Vorteile

Die Vorteile dieser Mittel liegen auf der Hand:

- Nebenwirkungen, Vergiftungen und Überdosierungen sind ausgeschlossen.
- Sie sind geschmacklos und werden ohne jeden Widerstand aufgenommen.
- Homöopathika können sofort angewandt werden, auch wenn die Art der Erkrankung noch nicht ganz klar ist.
- Wenn kein Tierarzt in der Nähe ist, eignen sie sich hervorragend als Erste-Hilfe-Maßnahme, z. B. Arnika bei Verletzungsschock.
- Wenn das richtige Mittel gefunden ist, hilft es meist sehr schnell und kann alsbald wieder abgesetzt werden.

Die Heilmittel bestehen aus verschiedenen mineralischen, pflanzlichen und tierischen Ausgangsstoffen und werden nach ihrer Verarbeitung und Verdünnung mit neutralen Trägerstoffen (Wasser, Alkohol, Milchzucker) gemischt.

Das ist bei homöopathischer Behandlung zu beachten

Wenn Sie sich für ein homöopathisches Mittel entschieden haben, sollten Sie auf einige Dinge achten:

- Schon gleich zu Beginn der Störung sollte das Mittel zur Anwendung kommen. Manchmal kann man damit das Schlimmste verhüten. *Dosierung:* bei akuter und rasch einsetzender Krankheit stündlich eine Gabe (Gabe = 1 Tablette oder 5 - 10 Kügelchen oder 5 - 10 Tropfen oder eine Messerspitze Pulver), etwa 3 - 6mal täglich. Setzt die Besserung ein, die Abstände der Gaben vergrößern.
- Die Medikamentengaben sollten Sie nicht in zu kurzem Abstand wiederholen. Ein gutes Zeichen für die Wahl des richtigen Mittels ist es, wenn sich Ihr Tier sichtlich wohler fühlt und gleich nach der ersten Eingabe ein Schläfchen hält. Das muß aber nicht unbedingt passieren.
- Wenn der Normalzustand erreicht ist, sollten Sie das Mittel nicht mehr weitergeben, auch nicht »zur Sicherheit«!
- Tropfen nur in Notfällen einsetzen, da sie meist Alkohol enthalten.
- Achten Sie auf die bei den Mitteln angegebenen Potenzen (Verdünnungsgrade), die mit einem D-Buchstaben gekennzeichnet sind.

- Aufbewahrt werden sollten homöopathische Arzneimittel getrennt von Parfüms, von Desinfektions- und Pflegemitteln, an einem Platz, der vor Licht und Wärme geschützt ist.
- Wenn Sie homöopathische Mittel für die Augen verwenden, sollten Sie die Urtinktur unbedingt verdünnen: 1 Tropfen des Medikamentes auf einen Teelöffel abgekochtes Wasser.

Grenzen der Selbstbehandlung

Als eiserne Regel sollte gelten:
Jede Selbstbehandlung hat dort ihre Grenze, wo Sie nicht eindeutig feststellen können, was Ihrem Hund fehlt, sowie bei allen schweren oder langwierigen Krankheiten. Planloses Herumdoktern macht Ihren Hund sicher nicht gesünder. Auch dann sollten Sie zum Tierarzt, wenn Ihre gut gemeinte Therapie nicht anschlägt oder das Allgemeinbefinden Ihres Hundes sich verschlechtert. Und natürlich unverzüglich dann, wenn Sie vermuten, daß Ihr Hund an einer Infektionskrankheit leidet.

Planloses Herumdoktern ist gefährlich

Ganz wichtig ist Ehrlichkeit: Wenn Ihr Tierarzt nach eventuellen Vorbehandlungen fragt, sei es durch Ihre »Hausmittel«-Anwendung oder die Behandlung durch einen anderen Tierarzt, oder wenn er sich nach der Dauer der Beschwerden erkundigt – sagen Sie es ihm stets offen und ehrlich. Nur dann kann er die Symptomatik bei Ihrem Tier richtig einschätzen.
Beispielsweise sind die Grenzen der Selbstbehandlung selbstverständlich dann erreicht, wenn Ihr Hund stark und aus unerklärlicher Ursache blutet: aus der Nase, der Schnauze, dem After oder aus unübersichtlichen und für Sie nicht zu beurteilenden, ernsthaften Verletzungen. Aber auch ernstere Beschwerden, wie ständiges Erbrechen, stetiges Abmagern, oder länger dauernde und immer wiederkehrende Beschwerden, wie Husten, Schnupfen und Ekzeme, verlangen nach Behandlung durch den Tierarzt.
Entzündungen und Erkältungssymptome an Augen, Schnauze, Nase und Bronchien könnten auch durch eine Infektionskrankheit verursacht

sein. Wenn Sie sich nicht sicher sind oder Ihr Hund vielleicht nicht geimpft wurde, lassen Sie dies tierärztlich abklären.

Als verantwortungsbewußter Hundehalter kommen Sie ohne Tierarzt nicht aus. Bedenken Sie allein die wichtigen Schutzimpfungen, die unerläßlich fachliche Hilfe im Krankheitsfall und den oft unentbehrlichen Rat bei den verschiedensten Pflege- und Haltungsproblemen.

Vor dem Tierarztbesuch Fragen notieren

Am besten schreiben Sie alle Ihre Fragen vor einem Tierarztbesuch auf, so daß Sie keine vergessen. Sie unterstützen den Tierarzt, wenn Sie sich den genauen Zeitpunkt einer Verletzung, den Temperaturverlauf der letzten Tage, den Appetit Ihres Hundes usw. merken und ihm mitteilen können. Vergessen Sie auch nicht, den Impfpaß in die Sprechstunde mitzunehmen.

Was Ihnen dann immer noch überlassen bleibt, ist eine liebevolle, pflegende Hygiene, die für jeden kranken Hund äußerst wichtig ist.

Machen Sie bitte niemals den Fehler, daß Sie Ihrem Hund Medikamente geben, die sich bei Ihnen selbst oder bei Ihrer Katze bewährt haben.

Keine Menschen-Arzneien für den Hund

Menschen und Katzen haben einen anderen Stoffwechsel als Hunde, so daß Sie unter Umständen sehr großen Schaden anrichten können!!

Auch nach Operationen sollten Sie Ihrem Hund besonders liebevolle Pflege angedeihen lassen. Er braucht jetzt viel Wärme, also ein warmes, kuscheliges und zugluftfreies Deckenlager. Um bei Operationen übermäßige Blutungen zu vermeiden und um den Operationsschock zu mildern, können Sie zusätzlich zur eventuellen tierärztlichen Therapie Arnika D6 geben, mehrmals täglich, zwei Tage vor und zwei Tage nach dem Eingriff.

Was tun, wenn der Hund ...

Es würde den Rahmen dieses Buches sprengen, in diesem Kapitel alle Hundekrankheiten, ihre Symptome, mögliche Erste-Hilfe-Maßnahmen und Behandlungsmöglichkeiten aufzuzählen. Ich habe mich auf die wichtigsten und häufigsten Symptome und ihre möglichen Ursachen beschränkt und versucht, eine brauchbare »Übersetzungshilfe« für die Körpersprache Ihres Hundes zu bieten sowie Wege zu zeigen, wie Sie ihm bei kleineren Wehwehchen selbst helfen oder den Gang zum Tierarzt vorbereiten können.

... verklebte und triefende Augen hat

Bindehautentzündung: Verschiedene Ursachen können zu einer Augenbindehautentzündung führen: Verletzungen, Fremdkörper, Staub, Zugluft (Auto), eine Erkältung, Bakterien, aber auch einige Infektionskrankheiten, wie beispielsweise Staupe. Nicht alle Hunde vertragen die marktgängigen Hundeaugentropfen. Sie können eventuell allergisch reagieren.

Zugluft?

Bei einer Bindehautentzündung, wie generell bei jeder Erkältung oder auch jeder anderen Krankheit, ist es wichtig, den Allgemeinzustand eines Hundes richtig zu beurteilen. Wenn der Appetit gut ist, kein Fieber vorliegt und das Benehmen normal zu sein scheint, ist die Krankheit wohl nicht sehr schlimm. Ihr Hund hat vielleicht Zugluft abbekommen. Nicht zu unterschätzen ist nämlich der Zug, der auch in ansonsten sehr komfortablen Wohnungen in Bodennähe herrscht, wo sich unsere Hunde ja meistens aufhalten.

Wenn nur ein Auge tränt und Ihr Hund gerade eine Autofahrt hinter sich hat, wird er sich vermutlich dort der Zugluft ausgesetzt haben. Viele Hunde lieben es nämlich, den Kopf während der Fahrt hinauszustrecken und die mannigfaltigen Gerüche wahrzunehmen, die ihnen da entgegenströmen.

Infektionskrankheiten wie die Staupe und Bakterien verursachen oftmals eine eitrige Bindehautentzündung, erkennbar an dem eitrigen Augenausfluß, der die Augenlider verklebt. In manchen Fällen ist auch ein heftiger Juckreiz vorhanden, weshalb die Hunde sich dann oft mit den Pfoten über die Augen wischen.

Eitriger Augenausfluß als Symptom

Augentropfen sollten in diesem Fall ein Antibiotikum enthalten.

Reinigen können Sie die Augenbindehaut vorsichtig mit lauwarmem *Fenchel- oder Augentrosttee* (mit einem sauberen Stoff-Taschentuch abtupfen). Dazu *Euphrasia* (Augentrost)-Augentropfen oder ein entsprechendes Präparat von Ihrem Tierarzt. Außerdem *Euphrasia* innerlich in der D3, je nach Ausmaß der Beschwerden alle ein bis zwei Stunden. Treten Eiterstippchen auf, geben Sie zusätzlich *Hepar sulfuris D12,* dreimal täglich.

Fremdkörper im Auge: An einen Fremdkörper im Auge muß man bei einer einseitigen Bindehautentzündung immer zuerst denken. Das können ein Sandkorn sein, ein Haar oder auch Getreidegrannen.

Fremdkörper im Auge können starke Entzündungen hervorrufen. Sehen Sie sich zuerst das entzündete Auge genau an: Am besten verdunkeln Sie das Zimmer, dann spreizen Sie die Lider vorsichtig weg. Eine Hilfsperson sorgt dabei mit einer Taschenlampe für ausreichende Beleuchtung. Nehmen Sie für die Entfernung des Fremdkörpers keinen spitzen Gegenstand, bei einer Abwehrbewegung des Hundes ist sonst schnell der Augapfel verletzt. Gut eignen sich Wattestäbchen. Wenn sich der Fremdkörper nicht beim ersten oder zweiten Versuch entfernen läßt, suchen Sie lieber Ihren Tierarzt auf.

Untersuchung im verdunkelten Raum

Nach der Entfernung gehen Sie daran, die durch den Fremdkörper hervorgerufene Entzündung zu behandeln: Das angetrocknete Sekret im Lidwinkel tupfen Sie mit lauwarmer *Kamillenlösung* oder *Augentrostlösung* ab. Fusselnde Watte ist nicht gut dafür geeignet, Sie nehmen besser ein Taschentuch aus Stoff. Dann geben Sie reizlin-

dernde Tropfen ins Auge. Fragen Sie Ihren Tierarzt danach. Die Wirkung sollte schon am ersten Tag erkennbar werden.
Einfache Verletzungen in der Umgebung der Augen, der Lider und Backen können Sie mit lauwarmem *Fencheltee* oder mit *Calendulatinktur* auswaschen. 20 Tropfen *Calendulatinktur* kommen auf eine Tasse warmes Wasser. 3-4mal täglich befeuchten Sie die Wunde für kurze Zeit mit einem Leinenläppchen (Watte fusselt). Wird die Entzündung eitrig, suchen Sie den Tierarzt auf. Zusätzlich können Sie das homöopathische Eiterungsmittel *Hepar sulfuris D12* geben, 3mal täglich eine Tablette bis zur Abheilung.

Umstülpung der Augenlider (Entropium, Ektropium): Zu einer Umstülpung der Augenlider kann es etwa durch Verletzungen, durch Fremdkörper, Narbenbildungen, durch Zugluft oder durch eine chronische Bindehautentzündung kommen.
Eine Umstülpung nach innen nennt man *Entropium.* Das obere Lid ist mehr davon betroffen als das untere. Die Wimpernhaare reiben dabei am Augapfel, so daß das Auge ständig gereizt wird. Es tränt andauernd und wird daher zugekniffen. Es kommt dann zur Bindehautentzündung, die eitrig, auch geschwürig werden kann.

Gefahr von Bindehautentzündung

Eine Umstülpung nach außen nennt man *Ektropium.* Dabei ist nur das untere Augenlid betroffen. Bei einem Ektropium ist das Augenlid nach außen abgeklappt, so daß eine mehr oder weniger große Fläche der Bindehaut dauernd der Luft ausgesetzt ist. Die Bindehaut wird dadurch gereizt, ein meist langwieriger, chronischer Entzündungszustand des Auges ist die Folge, der mit einer ständigen Absonderung verbunden ist. Einige Rassen neigen besonders zum Ektropium, beispielsweise die Boxer, Bernhardiner und Bassets, die übrigens auf diese Weise zu ihrem melancholischen Aussehen kommen.

Manche Rassen sind besonders anfällig

Die Entzündung zu bekämpfen wird bei einer Lidumstülpung oft wenig Erfolg bringen. Bleiben die Bemühungen erfolglos, kann eine kleine Operation das Übel beseitigen.

Entzündung der Augenlider: Eine Entzündung entsteht in den meisten Fällen nach Beißereien, bei denen die Augenlider verletzt werden. Aber auch bestimmte Ekzeme und Räude sind mögliche

Ursachen. Eine Entzündung der Talgdrüsen des Augenlides ist gut bekannt unter dem Namen Gerstenkorn (Hordeolum).
Die Augenlider sind geschwollen oder eitrig entzündet und manchmal auch mit Borken belegt. Manchmal sind kleine, umschriebene, schmerzhafte Eiterknötchen festzustellen.
Zunächst ist eine Reinigung der Augenbindehaut auf die schon beschriebene Weise erforderlich. Beim Gerstenkorn geben Sie homöopathisch *Staphisagria D6,* mehrmals täglich. Bei starken Schmerzen *Hepar sulfuris D3.*
Ansonsten behandeln Sie diese Entzündung wie die Augenbindehautentzündung.

Star ist eine Alterserscheinung

Star (Katarakt): Beim Star handelt es sich um eine Eintrübung der Linse, mitunter auch des Glaskörpers des Auges, eine Krankheit, die vor allem bei älteren Hunden auftritt. Man bemerkt einen milchglasähnlichen Schimmer in den dunklen Augen des Hundes. Neben dem Altersstar gibt es beim Hund noch den selteneren und angeborenen Jugendstar. Durch die Verfärbung und Trübung der Linse wird das Sehvermögen des Hundes allmählich schlechter. Die meisten Besitzer entdecken diese Tatsache verhältnismäßig spät, da Hunde sich mehr mit dem Geruchssinn orientieren als mit den Augen. Außerdem bleibt längere Zeit noch ein gewisses Sehvermögen erhalten. Die Linse ist beim Star sehr weit gestellt und reagiert nicht auf Lichteinwirkung.

Operativ reparabel

Beim Hund kann genauso wie beim Menschen ein operativer Eingriff durchgeführt werden, der aber erst bei einer starken Linsentrübung oder bei jüngeren Tieren zu empfehlen ist. Es gibt spezielle Präparate, die den Krankheitsverlauf verzögern können.

Sonstige Augenkrankheiten: Natürlich gibt es noch eine ganze Reihe weiterer Augenkrankheiten, wie etwa Verletzungen des Augapfels, Geschwülste und Geschwüre oder auch die trockene Bindehautentzündung. Für die Behandlung dieser Krankheiten ist der Tierarzt zuständig, auch für Krankheiten, die von stärkeren Allgemeinerscheinungen wie Fieber, Mattheit usw. begleitet werden oder die Sie mit einfachen Mitteln nicht innerhalb von ein bis zwei Tagen in den Griff bekommen.

... nicht mehr so richtig zubeißt oder aus dem Mund riecht

Die verschiedenen Entzündungen im Mund-Rachen-Raum lassen sich nicht klar nach verschiedenen Ursachen voneinander scheiden. Bei vielen Infektionen sind neben der Mundschleimhaut auch die Schleimhaut des Rachens und die Mandeln und eventuell auch das Zahnfleisch entzündet.

Mundschleimhautentzündung: Verschiedenste Einwirkungen können zu einer Entzündung der Mundschleimhaut führen: neben Fremdkörpern wie Knochensplittern, Metallteilen und Nadeln etwa auch Zahnstein, sehr spitze Zähne, heiße Nahrungsmittel, Vitaminmangel und verschiedene Bakterien. Eine Mundschleimhautentzündung kann auch als Begleiterscheinung der Urämie (Harnvergiftung) sowie fieberhafter Infektionen auftreten. Wenn Sie die Mundhöhle betrachten, sehen Sie eine gerötete und geschwollene Mundschleimhaut und meistens schmierige Auflagerungen. Auch können das Zahnfleisch und die Rachenmandeln mitentzündet sein. Der Hund speichelt, hustet, und das Schlucken fällt ihm offensichtlich schwer. Aus diesem Grund frißt er auch nicht wie gewohnt. Oft wird Ihnen aus dem Fang ein ziemlich unangenehmer Geruch »entgegenwehen«.

Wichtigstes Symptom: Mundgeruch

Zahnfleischentzündung: Eine Zahnfleischentzündung tritt, wie gesagt, oft gleichzeitig mit einer Mundschleimhautentzündung auf, aber auch für sich allein. Falsche Ernährung (selten beim modernen Dosenfutter), Fremdkörper, Zahnstein oder eine Infektion sind mögliche Ursache. Man sieht gerötetes und geschwollenes Zahnfleisch, nicht selten bilden sich Geschwüre. Auffällig ist ein vermehrtes Speicheln des Hundes und ein übler Mundgeruch. Die Tiere nehmen nur zögernd oder überhaupt keine Nahrung auf.

Übertäter Nr. 1: Zahnstein

Zunächst müssen selbstverständlich die Ursachen der Entzündung beseitigt werden. Fremdkörper und Zahnstein etwa sind zu entfernen. Sollten am Zahnfleisch Geschwüre zu sehen sein, bringen Sie Ihren Hund zum Tierarzt. Ansonsten können Sie die Mundhöhle öfters mit *Salbeitee* ausspülen. Zusätzlich besorgen Sie sich *Myrrhentinktur* aus der Apotheke, geben ein paar Tropfen auf den Zeigefinger und massieren das Zahnfleisch sanft. An diese Massage gewöhnen sich Hunde normalerweise schnell. Führen Sie sie alle zwei Tage bis zur Heilung durch.

Vielleicht entdecken Sie bei einer Untersuchung der Mundhöhle auch Geschwülste am Zahnfleisch. Lassen Sie dann immer tierärztlich abklären, ob es sich um ein bösartiges Geschehen handelt. Stört ein solches Geschwür beim Fressen, sollte es operativ entfernt werden. Zahnfleischgeschwülste treten häufig bei Boxern und Terriern auf.

Geschwülste müssen vom Tierarzt diagnostiziert werden

Bei einfachen Zahnfleisch- und Mundschleimhautentzündungen können Sie Spülungen mit lauwarmem Salbeitee machen oder mit einer Mischung zu gleichen Teilen aus *Arnikatinktur, Calendulatinktur und Myrrhentinktur* (ein Teelöffel der Mischung auf ein Glas warmes Wasser). Spülen Sie zweimal täglich vorsichtig die Mundhöhle mit einer 10 - 20-ml-Plastikspritze, je nach Größe des Hundes.

Hat Ihr Hund neben der Entzündung gleichzeitig noch Fieber, schlechten Geruch aus der Mundhöhle, ist schwach und schläft viel, geben Sie das homöopathische Mittel *Baptisia D6,* drei Gaben täglich bis zum Abklingen der Beschwerden. Suchen Sie einen Tierarzt auf.

Sind neben der Entzündung auch die Ohrspeicheldrüsen und die Lymphknoten des Kiefers geschwollen und ist die Zunge grauweiß belegt, eventuell geschwollen, weist das auf das Mittel *Mercurius solubilis D6* hin. Besonders auch, wenn sich Geschwüre zu bilden beginnen. Dreimal täglich eine Gabe bis zum Abklingen der Beschwerden.

Weitet sich die Entzündung im Mund auf Rachen und Mandeln aus, können Sie einen *Prießnitz-Wickel* anlegen (benannt nach seinem Erfinder), sofern Ihr Hund sich das gefallen läßt. Wickeln Sie ihm ein naßkaltes Leinentuch um den Hals, darüber einen trockenen wollenen Schal. Den Wickel sollten Sie zwei Stunden wirken lassen, danach den Hals trockenreiben und abends das Ganze nochmals wiederholen.

Richtiges Verhalten bei Mandelentzündung

Eine Mandelentzündung verläuft meistens fiebrig. Achten Sie sorgfältig darauf, daß der Raum, in dem sich der Hund aufhält, zugluftfrei und gut temperiert ist, und vermeiden Sie reizende Stoffe – Knochen, Trockenfutter, kaltes Wasser usw.

Bei immer wiederkehrenden Mandelentzündungen wird der Tierarzt die Mandeln entfernen. Versäumen Sie auch hier grundsätzlich nicht, ihn bei allen ernsten Erscheinungen aufzusuchen.

Veränderungen der Zähne: Hunde leiden nicht selten an einem kranken Zahnapparat. Dazu gehören vor allem Zahnstein und Karies. Die Zähne können auch locker werden, abbrechen, oder es kann sie eine Zahnfistel bilden. Auch durch Fremdkörper wie Grannen, Haare und Knochensplitter kommt es zuweilen zu Entzündungen der Zahnfächer.

Symptome: Speichelfluß und schlechte Laune

Ein Hund ist dann schlecht gelaunt und sondert sehr viel Speichel ab. Oft zeigt er bei der Nahrungsaufnahme oder bei einer Berührung des kranken bzw. lockeren Zahnes Schmerzen, indem er winselt oder aufheult. Der Hund hält oft seinen Fang offen, und es riecht daraus unangenehm.

Zahnstein haben fast alle Hunde über 4 Jahre. Besonders an den Backenzähnen entstehen Zahnsteinauflagerungen. Sind das schon dicke Krusten, muß der Belag vom Tierarzt entfernt werden. Sonst verdrängt der Belag das Zahnfleisch, die Zähne werden allmählich locker. In vielen Fällen kommt es dann zur Zahnfleischentzündung mit dem entsprechend schlechten Mundgeruch. Vorbeugend sollte man die Zähne mit Schlämmkreide oder einer speziellen Hundezahnpasta putzen. Allerdings ist dies eine umständliche und für Ihren Hund anfänglich unangenehme Prozedur. Mit der Zahnpflege beginnen Sie am besten schon, wenn er 12 - 14 Wochen alt ist, zweimal wöchentlich. Nach und nach wird Ihr Hund das Zähneputzen als »natürlichen« Bestandteil seines Wochenablaufs empfinden oder gar gerne über sich ergehen lassen, wenn er nicht nur gelobt wird, sondern anschließend jedesmal eine kleine Belohnung bekommt.

Regelmäßig Zähne putzen

Bei der **Zahnkaries** sind vornehmlich die hinteren Backenzähne (Molaren) des Oberkiefers betroffen. Da die Tiere dann die Nahrung nur zögernd aufnehmen, muß diese entsprechend weich zubereitet sein.

Bei einer **Zahnwurzelvereiterung** ist gewöhnlich eine Gesichtshälfte geschwollen. Hat sich eine **Zahnfistel** gebildet, so entsteht eine Fistelöffnung, die immer am Oberkiefer einseitig unter dem Auge auftritt und leicht zu erkennen ist.

Lockere, abgebrochene oder krankhaft-kariöse Zähne müssen vom Tierarzt plombiert oder gezogen werden; Wurzelvereiterungen oder Fisteln gehören ebenfalls in ärztliche Behandlung. Ist die Mund- und Zahnschleimhaut entzündet, wischen Sie den Fang mehrmals täglich vorsichtig mit *Salbeitee* aus. Die Nahrung sollte mild und weich sein.

Mundhygiene mit Salbeitee

Froschgeschwulst: Zu einer Froschgeschwulst kommt es, wenn die Speichelgänge bestimmter Mundspeicheldrüsen eingeengt oder verstopft sind. Der Speichel kann dann nicht mehr normal abfließen, so daß es zu einer Verdickung der Drüsen kommt. Nur selten ist bei einer Froschgeschwulst das Allgemeinbefinden des Hundes gestört, beim Fressen wird er allerdings vorsichtig sein.
Wenn Sie den Verstopfungsprozeß gleich zu Beginn bemerken, hilft oft *Thuja D6,* fünfmal täglich eine Gabe. Ansonsten wird nur die tierärztliche Operation zum Erfolg führen.

Fremdkörper in der Mundhöhle: Nicht selten bleibt einem Hund bei der Nahrungsaufnahme oder beim Spiel einmal ein kleiner Knochen, eine Nadel oder auch ein spitzes Zweiglein im Rachen oder Schlund stecken.
Ihr Hund wird plötzlich nicht mehr fressen, unruhig bis verstört wirken und sich an der Schnauze kratzen. Offensichtlich kann er nicht schlucken, der Speichel läuft ihm aus dem Mund, es würgt ihn vielleicht. Spitze Fremdkörper klemmen sich oft zwischen den Zähnen fest, werden am harten Gaumen eingespießt oder verkeilen sich zwischen den Zahnreihen und der Backe. Die Tiere versuchen dann, den Fremdkörper mit den Pfoten durch Wischen und Reiben am Fang zu entfernen. Liegt dieser zwischen den Zähnen und den Backen oder ist er im Gaumen eingespießt, kann der Fang meist gar nicht geschlossen werden. Nahrungsmittel und Flüssigkeiten können überhaupt nicht oder nur in kleinen Mengen aufgenommen werden.

Symptome und Verhaltensanzeichen

Bei einem gutmütigen und gehorsamen Hund können Sie einen vorsichtigen Entfernungsversuch mit der Hand wagen. Nehmen Sie aber keine Instrumente dazu, es ist höchst unwahrscheinlich, daß Ihr Hund dabei still genug halten wird. Spülen Sie dann die Mundhöhle mit frischem, klarem Wasser oder besser noch mit Salbeitee aus. Hat sich

Keine Pinzette gebrauchen

ein Fremdkörper aber fest verkeilt oder sitzt er tiefer im Schlund, so muß er mit einem Instrument bzw. durch eine Operation vom Tierarzt entfernt werden.

Lefzenekzem: Ein Lefzenekzem nennt man eine Entzündung der Lefzenfalten des Hundes. Einige Rassen, beispielsweise Boxer, Cocker und Bernhardiner, neigen besonders zu diesem nässenden Hautfaltenekzem. Ihr Hund wird dann übel aus dem Maul riechen, obwohl Zähne, Zahnfleisch und Mundschleimhaut gesund aussehen.

Chronischer Verlauf...

Ein Lefzenekzem ist besonders unangenehm, weil es schwer zu behandeln ist. Die Hautfalten werden ständig von Speichel benetzt und reiben aneinander. Salben, die eine schnelle Heilung bringen würden, werden meist sofort abgespült oder abgeleckt. Ihr Tierarzt wird mit speziellen Haftsalben sein Glück versuchen und durch eine zusätzliche, allgemeine Behandlung die Entzündungssymptome eindämmen. Leider ist die Behandlung langwierig. In hartnäckigen Fällen hilft eine Operation, bei der dem Hund die Lefzenfalte zugenäht wird. (Keine Sorge, die vom Lefzenekzem hauptsächlich betroffenen Rassen haben genug Haut, so daß Ihr Hund auch nach der Operation sein Maul noch weit genug öffnen kann.)

... führt zur Operation

Unangenehmer Maulgeruch: Wenn Sie wissen, daß dem lästigen Maulgeruch Ihres Hundes keine behandlungsbedürftigen Ursachen zugrunde liegen, können Sie ihm als Gegenmittel *Chlorophylltabletten* vom Tierarzt geben. Diese Tabletten sind unschädlich und wirksam. Die Dosierung können Sie ruhig großzügig handhaben.

Tabletten und Spülungen helfen

Außerdem sind vielleicht auch Mundspülungen wirksam (mit Plastikspritze): 20 Tropfen *Calendulatinktur* auf eine Tasse lauwarmen *Kamillentee*.

... sich mit den Pfoten über das Ohr streift und den Kopf schüttelt

Fremdkörper: In den meisten Fällen sind es Getreidegrannen, die Reizzustände im Ohr des Tieres verursachen, aber auch grobe Staubteilchen, Sand und Wasser. Gewöhnlich gelangen Fremdkörper nur in ein Hunde-Ohr, an dem sich die Beschwerden dann auch äußern. Bearbeitet ein Hund daher mit den Pfoten nur ein Ohr, spricht dies dafür, daß er unter einem Fremdkörper zu leiden hat.
Ein eindeutiges Zeichen ist es, wenn Ihr Hund beispielsweise fröhlich zur nächsten Wiese losmarschierte, aber winselnd und kopfschüttelnd zurückkehrt. Manchmal werden Sie die Granne noch entdecken und herausziehen können. Meist ist sie aber schon in der Tiefe des Ohres verschwunden. Eine Entfernung ist dann Sache des Tierarztes. Wenn Sie mit Wattestäbchen und ähnlichen Geräten hantieren, drücken Sie erstens den Fremdkörper vermutlich noch weiter in den Gehörgang hinein, zweitens kann dies zu schlimmeren Verletzungen führen.

Von Selbstbehandlung ist eher abzuraten

Entzündungen des äußeren Gehörganges: Neben den oben angesprochenen Fremdkörpern gibt es noch weitere mögliche Ursachen für Reizzustände und Entzündungen des äußeren Gehörganges:
Der Urheber der **Ohrräude** ist eine kleine Saugmilbe, die vor allem durch Katzen auf den Hund übertragen wird. Die Milben verursachen im äußeren Gehörgang einen heftigen Juckreiz.
Durch die dauernden Bewegungen und das ständige Blutsaugen der Milben im äußeren Gehörgang entstehen kleine Verletzungen, die zur Entzündung führen. Zunächst ist im Gehörgang ein grauweißer Belag zu sehen. Dieser Belag wird körnig, verfärbt sich braun, verstopft den ganzen Gehörgang und kann schließlich eitrig werden. Hunde mit Ohrräude sind durch den Juckreiz und die Schmerzen unruhig, schütteln mit dem Kopf und kratzen mit den Pfoten am Ohr.

Anzeichen für Ohrmilben

Schließlich kann auch das Gehör nachlassen, die Hunde werden teilnahmslos und leiden an Appetitmangel. In schweren Fällen kann die Entzündung auf das Mittel- und Innenohr übergreifen. Zur Bekämpfung der Milben erhalten Sie spezielle Präparate beim Tierarzt. Dieser sollte die Behandlung der Ohrräude auch überwachen. Krusten und Ohrenschmalz können mit *Oliven- oder Paraffinöl* geschmeidig und mit einem Wattebausch (kein Wattestäbchen – Verletzungsgefahr!) entfernt werden.

Ansammlungen von **Ohrenschmalz und Geschwülste** können genauso Gehörgangsentzündungen verursachen. Denn Hunde haben eine anatomische Besonderheit: Ihr Gehörgang verläuft geknickt, zudem können die Falten der Ohrmuschel verdickt sein. Dadurch gelangt Ohrenschmalz, das im Ohr gebildet wurde, nur schwer wieder hinaus. Kommen nun Bakterien, Milben oder Pilze dazu, ist der »Ohrenzwang« da. Ihr Hund wird sich sehr oft kräftig schütteln, denn es juckt sehr stark. Da Sie nicht wissen können, ob nicht doch Geschwülste oder Fremdkörper im Spiel sind, muß der Tierarzt das Ohr untersuchen. Handelt es sich nicht um Milben, Fremdkörper, eine Geschwulst oder eine verschlimmerte Ohrenentzündung, wird man den Ohrenzwang mit Geduld und regelmäßiger Reinigung ausheilen können. Die Ohrmuscheln tupfen Sie mit einem in Öl getränkten Wattebausch aus, für den Gehörgang gibt es spezielle Ohrreinigungsmittel. Wiederholen Sie diese Behandlung zweimal pro Woche, so lange, bis die Ohrenentzündung ausgeheilt ist. Vorbeugend, wenn Ihr Hund beispielsweise aufgrund der oben erwähnten ungünstigen anatomischen Besonderheit zu Schmalzansammlungen neigt, können Sie die Reinigungsprozedur dann einmal im Monat durchführen. Leider geht es oftmals nicht so einfach ab, und der Tierarzt muß helfend eingreifen.

Mit »Ohrenzwang« zum Tierarzt

Blutohr (Ohrhämatom): Ein Blutohr kann beispielsweise nach Beißereien entstehen oder wenn der Hund aufgrund einer Ohrenentzündung andauernd den Kopf schütteln muß und sich dabei die Ohrmuschel an einem harten Gegenstand kräftig anschlägt. Dabei platzen dann kleine Blutgefäße, was zu einem Bluterguß führen kann. An der Ohrmuschel sieht man eine länglichrunde, gut abgegrenzte, sich warm anfühlende, meist kaum schmerzhafte und weiche Anschwellung. Der Hund schüttelt dann auch sichtlich langsamer und vorsichtiger den Kopf. Ein Blutohr ist zwar keineswegs gefährlich, wohl aber Ihrem Hund unangenehm, außerdem verformt sich manchmal die Ohrmuschel.

Ungefährlich, aber unangenehm

Eine langwierige Erkrankung

Als erstes versuchen Sie den Bluterguß mit kühlenden *Arnika-Umschlägen* zu beseitigen, die Sie mit *Traumeelsalbe* abwechseln können. Hilfreich beim Blutohr, wie bei grundsätzlich allen Blutungen und Blutergüssen, ist auch *Arnika in der D6,* sechsmal täglich eine Gabe. Läßt sich nach etwa 1 Woche kein Erfolg feststellen, lassen Sie die Blutansammlung vom Tierarzt durch einen Schnitt in die Anschwellung entfernen. Fast immer ist das Blutohr eine langwierige Erkrankung.

Mittelohrentzündung: Entzündungen des Mittel- und Innenohres bedürfen tierärztlicher Behandlung. Der äußere Gehörgang kann dabei mitentzündet sein.

... niest und hustet

Niesen und Husten sind in den allermeisten Fällen Symptome einer Erkältung oder Grippe, die oft fiebrig verläuft. Erkältungen lokalisieren sich je nach Erreger und Hund in der Nase, am Kehlkopf, in den Bronchien oder auch gleichzeitig im gesamten Atmungstrakt. Ebenso können Hals, Rachen und Augen beteiligt sein. Homöopathisch ist das erste Mittel bei allen akuten, fieberhaften Krankheiten, die plötzlich und heftig einsetzen, *Aconit D6.* Geben Sie zweistündlich eine Gabe schon bei den ersten Entzündungszeichen. Wird die Erkältung dadurch nicht gestoppt, geben Sie *Belladonna D6,* sechsmal täglich, zwei Tage lang. Bessern sich die Beschwerden, dann weiter bis zur Ausheilung. Zusätzlich in jedem Fall *Echinaceatropfen* zur Abwehrsteigerung: Zweimal täglich je nach Größe des Hundes 15 - 30 Tropfen dem Futter beimengen.

Erkältungssymptome

Hat Ihr Hund eine Erkältung (aber genauso auch vorbeugend), ist ein gut temperierter Ruheplatz wichtig. Und zwar ist die Temperatur der Luft, genauso aber auch die des Bodens von Bedeutung. Außerdem sollte der Ruheplatz zugluftfrei und staubfrei sein.

Und natürlich – bei jedem Verdacht auf eine Infektionskrankheit, wenn Ihr Hund beispielsweise nicht geimpft ist, sowie bei starken Allgemeinerscheinungen – den Tierarzt zu Rate ziehen.

Nasenbluten: Die Ursachen für Nasenbluten sind meist Schläge auf die Nase, Verletzungen, Fremdkörper, auch Parasiten und Geschwülste in den Nasengängen. Das Blut kann aus einer Nasenöffnung oder aus beiden tropfen. Befindet sich ein Fremdkörper oder eine Geschwulst im Nasengang, blutet meist nur ein Nasenloch. Liegt die Blutung im hinteren Teil der Nasenhöhle, kann das Blut auch in den Rachen abfließen. Nach Schlägen auf die Nase fließt das Blut gewöhnlich aus beiden Nasenlöchern heraus.

Wenn nur ein Nasenloch blutet

Der Hund muß ruhiggestellt und die Ursache beseitigt werden. Anfangs können Sie kalte Umschläge machen und Eisbeutel auflegen. Zusätzlich *Arnika D4,* viermal stündlich eine Gabe, bis die Blutung aufhört. Sollte ein Fremdkörper vorhanden sein, so können Sie versuchen, diesen vorsichtig zu entfernen, soweit sich dies problemlos bewerkstelligen läßt. Ansonsten, auch wenn die Blutung nicht bald zum Stillstand kommt, gehen Sie zum Tierarzt.

Entzündung der Nasenschleimhaut (Nasenkatarrh, Schnupfen): Nasenkatarrh tritt bei verschiedenen Erkältungskrankheiten und bei Infektionskrankheiten wie der Staupe auf. Aber auch Staub, Fremdkörper, Geschwülste und Parasiten sind mögliche Ursachen.

Ihr Hund wird niesen und sich mit den Pfoten an der Nase reiben und scheuern. Der Nasenausgang ist gerötet und geschwollen, die Atmung aufgrund verengter Nasengänge behindert. Häufig ist das Nasensekret anfangs wäßrig und wird dann schleimig, eitrig, zuweilen auch blutig. Oft verklebt das Sekret am Nasenausgang mit den Haaren.

Symptome, wie sie auch beim Menschen auftreten

Ist der Nasenausfluß nur einseitig, ist oftmals ein Fremdkörper die Ursache. Anfällig für chronische Nasenkatarrhe sind vor allem kurznasige Hunderassen. Bei einer banalen Erkältung, bei Fremdkörpern und rassebedingtem Schnupfen ist das Allgemeinbefinden gewöhnlich nur wenig beeinträchtigt.

Die Umgebung der Nase und die Nasenöffnungen sollten Sie mehrmals täglich mit einem in warmem *Kamillentee* getränkten Wattebausch reinigen. Damit die Haut geschmeidig bleibt, werden nach dem Abtrocknen milde Salben, etwa *Bepanthensalbe,* aufgetragen. Ein einfacher Nasenkatarrh heilt normalerweise auch ohne Behandlung innerhalb weniger Tage aus.

Inhalationsmethoden

Sie können auch Inhalationen mit gereinigtem *Terpentin- oder Eukalyptusöl* (1 Teelöffel voll auf 1 Liter Wasser) durchführen, wenn Ihr Hund sich diese Therapie gefallen läßt. Geben Sie einfach heißes Wasser in eine Schüssel, halten Sie den Kopf des Hundes in etwa 20 Zentimeter Abstand darüber, und decken Sie ihn mit einem Tuch ab. Ungefähr fünf Minuten sollten die Dämpfe eingeatmet werden. Kleine Hunde können Sie auch auf einen Stuhl mit durchlöcherter Sitzfläche setzen und ihnen einen henkellosen Korb überstülpen. Unter den Stuhl stellt man den Topf mit der dampfenden Inhalationsflüssigkeit. Ruhige Hunde lassen sich diese nützliche Prozedur gefallen, mit Gewalt kann man sie aber logischerweise nicht durchsetzen.

Verläuft der Schnupfen mit wäßrigem Nasenausfluß und tränenden Augen, geben Sie zusätzlich *Euphrasia D2,* mehrmals täglich. Ist das

Nasensekret dicker und gelblich, verabreichen Sie *Hepar sulfuris D12,* zweimal täglich.

Entzündung der Kehlkopfschleimhaut: Eine Kehlkopfentzündung tritt oft im Rahmen einer Erkältung, ebenso bei Infektionskrankheiten auf. Nicht selten bleibt sie auch als eine Erkältungsfolge zurück und verläuft dann äußerst langwierig, besonders bei Tieren, die viel kläffen. Im Regelfall wird das Allgemeinbefinden dennoch relativ unbeeinträchtigt sein.

Stimmveränderung – Stimmverlust

Einfache mögliche Ursachen, die eine Kehlkopfentzündung begünstigen, sind ein zu enges Halsband, das auf den Kehlkopf drückt, zu heißes oder gefrorenes Futter, staubige Luft, aber auch ständiges Bellen. Auch Fremdkörper wie etwa Knochensplitter können sich im Kehlkopfbereich festsetzen, seltener wird die Entzündung durch Geschwülste in dieser Körperregion verursacht.

Als erstes Symptom wird die Veränderung der Stimme auffallen, bis hin zum Stimmverlust – das Bellen wird heiser und krächzend. Oft kommt es zu einem trockenen, schmerzhaften Husten. Der Appetit kann vermindert und die Körpertemperatur leicht erhöht sein.

Die Behandlung ist oftmals langwierig, Erfolge stellen sich häufig erst bei einem Witterungsumschwung ein. Ihr Hund braucht in diesem Fall Ruhe und viel frische, feuchte Luft. Im Winter können Sie mit einem Luftbefeuchter nachhelfen, außerdem läßt sich die Mundschleimhaut Ihres Hundes mit einem Sprühapparat mit Wasser benetzen. Erfolg versprechen auch Inhalationen (siehe Schnupfen und Bronchitis). Die Nahrung passen Sie am besten dem Zustand des Tieres an, sie sollte weich-flüssig sein.

Schleimlösende und hustendämpfende Maßnahmen

Der Tierarzt wird Mittel geben, die den Schleimtransport fördern und den Hustenreiz dämpfen. Eingedrungene Fremdkörper im Halsbereich müssen von ihm fachgerecht entfernt werden.

Bronchitis (Bronchialkatarrh): Zum Bronchialkatarrh kommt es im Zuge von Erkältungen oder auch von Infektionskrankheiten, hauptsächlich der Staupe. Staubige, trockene Luft begünstigt Krankheiten der Bronchien, wie überhaupt der Atemwege. Auch die Herzschwäche älterer Tiere hat eine chronische Bronchitis im Beschwerdebild. Jede

Bronchitis muß gut auskuriert werden, da sonst immer die Gefahr einer nachfolgenden Lungenentzündung besteht.

Typische Symptome

Das typische Symptom einer akuten Bronchitis ist der Husten, der leicht bis schwer, trocken oder feucht auftreten kann. Durch die Entzündung schwellen die Schleimhäute der Luftröhre und der Bronchien an, es wird dort vermehrt Schleim gebildet, der dann in größeren Mengen abgehustet wird. Je nach Ausmaß der Bronchitis wird die Atmung behindert. Oft bestehen gleichzeitig weitere Erkältungsanzeichen wie Schnupfen und Halsentzündung, Mattheit und Fieber. Die akute Bronchitis kann, besonders bei einer ungenügenden Therapie, in eine chronische Bronchitis übergehen. Meist ist der Hund dann matt und teilnahmslos, hat wenig Appetit, einen schwachen Puls, Atembeschwerden und leicht erhöhte Körpertemperatur. Aufgrund der Schwächung ist die Gefahr einer anschließenden Lungenentzündung besonders groß.

Akute Bronchitis immer gut auskurieren

Bei einer leichten Bronchitis kann man durchaus selbst einen Behandlungsversuch wagen. Neben rasselnd klingenden Hustenstößen wird es nur zu geringen Allgemeinerscheinungen kommen. Die Körpertemperatur sollte nicht höher als auf 39° C ansteigen, Appetit und Verhalten sollten normal sein. Der Hund braucht Ruhe und Wärme. Am besten ist wieder ein gut temperierter Raum mit nicht zu warmer und nicht zu trockener Luft und ausreichender Frischluftzufuhr (aber keine Zugluft) als Krankenstube geeignet.

Bewährte Hausmittel

Das Einatmen von *Fenchel- oder Kamillenteedämpfen* mit einigen Tropfen *Menthol- oder Terpentinöl* kann Linderung bringen. Bei sehr geduldigen Tieren können Sie eine Inhalation probieren, beispielsweise mit einem starken *Huflattich- und Thymiantee* (Mischung zu gleichen Teilen). Bewährt haben sich auch Brustwickel, sofern Ihr Hund das mit sich machen läßt (siehe Seite 85). Bei einem starken Krampfhusten geben Sie das homöopathische Mittel *Cuprum aceticum D4,* dreimal täglich. *Honig oder Fenchelsirup* sind besonders bei einem trockenen Husten nützlich, verabreicht mit warmer Milch oder auch in Schleimsuppen. Das löst den Schleim und schmeckt dem Hund außerdem gut.

Bei jeder Verschlimmerung gehen Sie sofort zum Tierarzt. Dort bekommen Sie auch die entsprechenden Medikamente für stärkere bronchiale Erkrankungen.

Epidemisch auftretende bronchiale Erkrankungen, die entstehen, wenn mehrere Hunde zusammen in einem Zwinger gehalten werden, nennt man auch Zwingerhusten. Besonders häufig werden Jungtiere beim Züchter befallen. Die Krankheit verläuft meistens nicht besonders schwer, muß aber trotzdem intensiv tierärztlich behandelt werden. Die Anwendung von Hausmitteln führt meist nur zur Verschleppung. Sprechen Sie mit Ihrem Tierarzt, ob eine Schutzimpfung im Fall Ihres Hundes angebracht wäre.

Zwingerhusten erfordert intensive Behandlung

Lungenentzündung: Zu einer Lungenentzündung kann es beispielsweise durch eine verschleppte Bronchitis oder im Verlauf von Infektionskrankheiten, besonders der Staupe, kommen. Der Hund ist dann schwer krank, die Körpertemperatur oft auf über 40° C erhöht, die Atmung geht schnell und pumpend, wobei dann mitunter die Backen aufgeblasen werden. Auch kann hochgradige Atemnot eintreten, so daß der Hund dann oftmals mit gestrecktem Kopf und Hals auf der Hinterhand sitzen muß. Feuchter, rasselnder Husten und schleimiger bzw. schleimig-eitriger Nasenausfluß sind weitere mögliche Begleiterscheinungen. Die kranken Tiere zeigen einen schlechten Allgemeinzustand, sind sehr matt und nehmen kaum Nahrung auf. Keinesfalls sollten Sie bei derartigen Symptomen eine Selbstbehandlung probieren. Bis zur gezielten tierärztlichen Behandlung ist keine Zeit zu verlieren. Inzwischen gibt es allerdings wirksame Arzneimittel, die der Lungenentzündung ihren früheren Schrecken genommen haben.

Symptome und Verhaltensanzeichen

Erstbehandlung ausschließlich durch den Tierarzt

Sie selbst sollten dafür sorgen, daß Ihr Hund Ruhe hat und in einem gut temperierten Zimmer mit frischer Luft untergebracht ist. Geben Sie ihm kräftige, leicht verdauliche Nahrung und viel liebevolle Zuwendung. Den Brustkorb können Sie mit Kampferspiritus einreiben, verkrustete Nasenöffnungen mit einem milden, angewärmten Babyöl vorsichtig reinigen.

Fremdkörper und Geschwülste: Hartnäckiges Niesen oder Husten kann in selteneren Fällen auch durch einen Fremdkörper in Nase, Hals oder Luftröhre verursacht werden. Getreidegrannen, kleine Zweige, Nadeln oder Knochensplitter sind mögliche Übeltäter. Plötzliches heftiges, andauerndes Niesen, verbunden mit heftigen Kopfbewegungen und vielleicht gelegentlichem Ausfluß von hellrotem Blut aus einer Nasenöffnung, deutet auf einen Fremdkörper hin. Hier muß der Tierarzt helfen.

Geschwülste und Polypen

Von den Knochen der Nasenhöhlen und vom Knochenmark ausgehend, bilden sich manchmal Geschwülste. Ebenso können sich Gewächse am Kehlkopf und an der Luftröhre bilden. Im Nasengang sind Polypen gar nicht so selten. Bei älteren Tieren bilden sich hin und wieder in der Lunge Geschwülste, die von der Schilddrüse ausgehen. Bei Geschwülsten im Nasengang kann der Nasenrücken aufgetrieben sein, oder die Augäpfel treten hervor. Gewächse am Kehlkopf und an der Luftröhre führen zu Hustenanfällen, Veränderung der Stimme, Rasselgeräuschen und schließlich zu Atemnot. Bei Lungengeschwülsten zeigt sich eine mehr oder weniger ausgeprägte Atemnot, Lungenblutungen und Fieber kommen hinzu. Die Tiere sind matt und magern ab. Je nach Ausmaß der Beschwerden und nach Größe und Bösartigkeit des Tumors wird der Tierarzt operieren.

In sehr seltenen Fällen findet sich der Nasenwurm im Nasengang, in den oberen Luftwegen und in der Stirnhöhle. Lungenwürmer kommen ebenfalls gelegentlich beim Hund vor, besonders bei Jagdhunden.

Parasiten in der Lunge und den Atemwegen

Parasiten im Nasengang erinnern an die Beschwerden von Fremdkörpern mit Nasenkatarrh und Ausfluß. Lungenwürmer rufen eine Lungenentzündung hervor. Die Behandlung dieser erfreulicherweise eher seltenen Krankheiten ist dem Tierarzt vorbehalten.

... sich unentwegt kratzt

Viele Krankheiten und auch der allgemeine Gesundheitszustand eines Hundes zeigen sich an seinem Fell. Tiere, die gut gepflegt und ernährt werden, erkranken insgesamt seltener, auch an Ekzemen und Parasiten. Das Fell eines Hundes sollte glänzen und glatt anliegen. Ausnahmen gibt es nur, wenn der Hund schon alt ist oder die Haare rassebedingt struppig sind. Gelegentliches Fellkratzen ist noch kein Grund zur Beunruhigung und gehört zur täglichen Selbstpflege Ihres Hundes.

Gelegentliches Fellkratzen ist normal ...

Flöhe: Wenn sich Ihr Hund mit Leidenschaft kratzt, liegt die Möglichkeit eines Flohbefalls nahe. Wenn das der Fall ist, ist es weder eine »Schande« noch besonders schlimm: Beim Kontakt mit einem anderen Hund wird ein reiselustiger Floh kurzerhand auf Ihr Tier übergesprungen sein.

Hundeflöhe treten besonders häufig in den sogenannten »Flohmonaten« Juli bis Oktober auf, aber durchaus auch zu jeder anderen Jahreszeit. Die Floheier werden in das Lager des Hundes und in die Ritzen und Fugen des Fußbodens Ihrer Wohnung und Umgebung abgelegt. Nach einigen Entwicklungsstadien bilden sich aus den Eiern die Flöhe, die dann den Hund wieder – sozusagen in neuer Generation – befallen. Da der Floh ein bekannt guter Springer ist, kann er schnell von einem zum anderen Hund überwechseln. Der Floh kann übrigens monatelang ohne Nahrung auskommen, ist also ein »Hungerkünstler«.

... heftiges aber deutet auf Flöhe hin

Die ständige Bewegung der Flöhe auf der Hautoberfläche des Hundes ruft Juckreiz hervor, der das Tier zum häufigen Kratzen, Scheuern und Belecken des Felles bringt. Bei einem massiven Befall wird der Hund sehr unruhig, er kann sogar abmagern und schwach werden. Zum Nachweis der Parasiten scheitelt man das Haar, wobei dann der Flohkot, kleine, schwarzglänzende Krümel, sichtbar wird. Flöhe sind besonders am Ohrrand, Hals, Rücken, unter den Achseln und am Schweifansatz zu finden.

So entdecken Sie die Übeltäter

Der Hundefloh kann sich vorübergehend auch beim Menschen aufhalten. Außerdem spielt er eine große Rolle als Zwischenwirt für den am meisten beim Hund vorkommenden Bandwurm.

Die Radikalkur ist das Bad mit einem geeigneten Insektizid. Fragen sie Ihren Tierarzt danach.

Behandlung von innen und außen

Noch praktischer ist es, wenn Sie sich beim Tierarzt ein Präparat besorgen, das von innen wirkt. Der Hund ist dann sozusagen imprägniert, und wenn der Floh sticht, saugt er ein für ihn tödliches Gift ein. Eine »elegante« Methode der Flohabwehr.

Wenn Ihnen das alles zu umständlich ist, gibt es einen guten Kompromiß – das Flohhalsband. Sein Prinzip: Irgendwann überquert jeder Floh die Halsgegend, in der das Band sitzt. Dabei gerät er an das für ihn fatale Gift des Plastikbandes. Diese Methode wirkt nicht sofort, auch nicht hundertprozentig, aber dafür doch vorbeugend, denn »neuangekommene« Flöhe werden schon beim ersten Spaziergang erledigt. Bei einem Massenbefall können Sie Ihrem Hund den Gang zur Badewanne nicht ersparen.

Ein altes, allerdings sicher nicht hundertprozentiges Hausmittel zum Schutz vor einem Flohbefall ist das *Farnkraut*. Dieses kann man in die Hundehütte legen oder in ein entsprechend flaches Kissen stopfen, das als Unterlage dient.

Gefährdung: August bis Oktober

Läuse und Haarlinge: Läuse und Haarlinge kommen beim Hund besonders in den Monaten August bis Oktober vor. Vor allem bei Tieren von schlechtem Allgemeinzustand mit langem, ungepflegtem und schmutzigem Haarkleid können sich diese Parasiten einfinden. Durch unmittelbare Berührung werden sie von Hund zu Hund übertragen.

Läuse und Haarlinge bevorzugen als Sitz den Kopf, den Hals und den Rücken. Sie können sich aber auch über den ganzen Körper verbreiten. Läuse saugen Blut und rufen durch das Bohren und Kriechen auf der Haut einen heftigen Juckreiz hervor. Die weißglänzenden Eier, die man als Nissen bezeichnet, sind an den Haaren festgeklebt. Durch das fortwährende Kratzen können auch Haarausfälle und Hautentzündungen entstehen. Bei massenhaftem Befall kann dieser bei schwächlichen Tieren zu Abmagerung und Blutarmut führen.

Haarlinge werden häufig für Läuse gehalten, weil sie die Eier ebenfalls an den Hundehaaren festkleben. Haarlinge verursachen durch ihr Umherlaufen auf der Haut gleichfalls einen Juckreiz. Sie saugen allerdings kein Blut, sondern ernähren sich von Hautschuppen und Haarteilen. Sie brauchen den Kontakt mit Ihrem Hund nicht zu fürchten, denn auf den Menschen gehen Hundeläuse und Haarlinge nicht über. Die Bekämpfung der Läuse und Haarlinge ist die gleiche wie beim Flohbefall. Nach etwa 10 Tagen, über einen Monat lang, muß die Behandlung wiederholt werden, um die aus den Eiern neu ausgeschlüpfte Brut zu vernichten. Ungepflegte, sich selbst überlassene Hunde sind sehr oft von Parasiten befallen.

Räude: (Krätze, Scabies): Die Räude (beim Menschen Krätze genannt) ist eine durch Räudemilben hervorgerufene, mäßig ansteckende Hauterkrankung. Die Übertragung bzw. Infektion erfolgt nahezu ausschließlich von der Mutter auf die Welpen beim Kontakt mit dem Gesäuge. Sie wird durch kleine, in der Haut lebende Parasiten (Milben) verursacht. Wird das Tier gut gepflegt, gut ernährt und ist es gesund, schiebt die wachsende Haut die ungebetenen Gäste förmlich heraus. In gesundheitlichen Krisenzeiten haben Milben aber Konjunktur und können schnell zu einer ernsten Bedrohung werden.

Geschwächte Tiere sind besonders gefährdet

Räude kommt bei unseren Hunden derzeit nur noch selten vor und tritt daher bevorzugt bei ungepflegten, verwahrlosten und schlecht ernährten Tieren auf. Es gibt aber auch Hunde, deren körpereigene Abwehr (Immunstatus) rassebedingt herabgesetzt ist, so daß eingedrungene Milben Oberwasser bekommen können. Wird diese Hautkrankheit nicht rechtzeitig behandelt, kann sie chronisch verlaufen, sich sogar über den ganzen Körper ausbreiten, so daß zuerst Abmagerung und schließlich der Tod des Tieres die Folgen sind.

Räude ist vom Hund auf den Menschen übertragbar und verläuft sehr unangenehm, auch wenn eine Ansteckung äußerst selten vorkommt. Aus diesem Grund müssen Sie auf äußerste Hygiene achten, wenn Ihr Hund Räude hat: Fassen sie befallene Hunde nicht mit bloßen Händen an (Gummihandschuhe benutzen). Alte Decken, Kissen usw. Ihres Hundes sind immer wieder zu beseitigen.

Sich selbst vor Ansteckung schützen

Halsband, Leine und Geschirr mit heißem Sodawasser gründlich reinigen und anschließend desinfizieren. Auch das Lager oder der Korb Ihres Hundes muß gründlich desinfiziert werden. Fast noch wichtiger: Sie sollten den Hund gut und vielseitig ernähren (vielseitig, nicht fett!). Bitte haben Sie Geduld: Bis der Hund wieder vollständig gesund ist und Sie die Behandlung abschließen dürfen, kann es etliche Wochen, manchmal auch Monate dauern. Der Tierarzt wird Sie informieren und Ihrem Tier geeignete Präparate verordnen.

Unangenehme »Mitbringsel« von Ausflügen

Herbstgrasmilbe: Herbstgrasmilben befallen den Hund (genauso wie der Holzbock), wenn er durch Wald und Felder streift, vor allem in den letzten Sommermonaten und im Herbst. Besonders häufig sind sie in der Nähe von Gewässern zu finden. Im Gebüsch und auf hohen Gräsern lassen sich die Milben nieder und nützen die Gelegenheit, sich in großer Zahl auf Mensch und Tier niederfallen zu lassen.
Die rote Milbe bevorzugt dünn behaarte und weiche Hautstellen und tritt manchmal in so großer Zahl auf, daß die Haut rötlich verfärbt erscheint. Beim Hund sieht man die Milben besonders am Kopf, am Unterbauch und auf der Zwischenzehenhaut, wo sie bis zu acht Tage sitzen bleiben und dann wieder verschwinden. Da sie das Tier in großer Zahl befallen, erzeugen sie durch das ständige Umherlaufen und Blutsaugen Bläschen und Entzündungen auf der Haut. Der ständige Juckreiz veranlaßt den Hund zum dauernden Kratzen und Scharren.
Die Bekämpfung der Milben kann durch Bestreichen der befallenen Stellen mit milbentötenden Mitteln erfolgen (Waschungen, Sprays, Pulver). Weitere Maßnahmen können wie beim Hundefloh durchgeführt werden.

Zecken (Holzbock): Alle Entwicklungsstadien der Zecken sitzen auf Gräsern und Sträuchern quasi auf der Lauer. An vorbeistreifenden Tieren heften sie sich fest und suchen dabei bevorzugt die dünnen Hautstellen auf. Mit vereinzeltem Zeckenbefall ist meistens in den späten Sommermonaten zu rechnen. Holzböcke können auch den Menschen befallen.

Schmerzverursachende »Vampire«

Zecken sind verhältnismäßig große, blutsaugende Parasiten. Im nüchternen Zustand wirkt ihr Körper wie plattgedrückt. Ist er mit Blut vollgesogen, nimmt er eine kugelige Form an. Die Zecke bohrt sich mit ihrem Rüssel in die Haut ein und kann durchschnittlich etwa bis zu 0,4 ml Blut auf einmal aufnehmen. Sie sollte entfernt werden, da sie das Tier belästigt und Blut saugt. Die festgesaugte Zecke löst einen Juckreiz aus, der das Tier zum Kratzen veranlaßt, was dann auch zu örtlichen Entzündungen der Haut führen kann.

Zecken nicht herausreißen

Holzböcke soll man nicht herausreißen, weil meistens die Mundpartien in der Haut zurückbleiben und örtliche Eiterungen hervorrufen. Viel besser bewährt hat sich das Betupfen des Parasiten mit Öl, Äther, Benzin oder Terpentinöl; schon nach kurzer Zeit fällt er dann ab, sonst drehen Sie ihn vorsichtig heraus. Auch ein Halsband, das mit speziellen Parasitenmitteln getränkt ist, kann zum Schutz vor Zecken angelegt werden. Ohne Behandlung fällt der Holzbock nach etwa 10 - 12 Stunden von selbst ab.
Bei stärkerem Zeckenbefall kann man wie bei der Bekämpfung der Flöhe verfahren.

Hautausschläge, Ekzeme: Ihr Hund kratzt sich, Haare fallen aus, die Haut ist mit Pickelchen bedeckt, vielleicht sogar voller flächenhafter Wunden, Parasiten wurden nicht festgestellt: dann liegt ein Ekzem vor.

Schwierige und langwierige Behandlung

Äußerlich können Hautungeziefer, vernachlässigte Wunden, Abschürfungen der Haut, Verschmutzungen, Pilzbefall, ein früherer, erfolgreich behandelter Flohbefall, mangelhafte Haltung und Pflege sowie scharfe Einreibungen Hautausschläge hervorrufen. Eine meist lästige und langwierige Angelegenheit.
Meist gilt die Regel, daß akute und heftige Ekzeme besser zu behandeln sind als chronische. Die Behandlung gehört zu den schwierigsten Aufgaben für einen Tierarzt und muß innerlich und äußerlich einsetzen. Sie können sie wirkungsvoll durch eine vielseitige und vitaminreiche Ernährung unterstützen.
Es gibt auch bläschenhafte Hautausschläge und Ausschläge, die sich knotig über den ganzen Hundekörper hinziehen. Beide haben meistens allergische Ursachen. In jedem Fall sollten Sie den Rat des Tierarztes befolgen. Er wird versuchen, die genaue Ursache herauszufinden, und einen Pilz- oder Ungezieferbefall ausschließen.

Nährstoffreiche Kost

Nicht nur bei Hauterkrankungen sollten Sie auf eine abwechslungsreiche, vitamin- und mineralstoffreiche Kost achten. Ein Futter-Zusatz von *Hefeflocken* oder *Bierhefe* ist nützlich.
Bei nässenden Ekzemen können sie *Sulfur D12,* bei trockenen *Arsenicum album D6* versuchen. Dreimal täglich eine Gabe. Machen Sie sich

Bei Allergieverdacht den Hund sorgfältig beobachten

darauf gefaßt: Nicht nur beim Menschen sind Hautbehandlungen in der Regel langwierig, sondern auch beim Hund. Sollten Sie den Verdacht auf eine Allergie haben, müssen Sie die Gewohnheiten Ihres Hundes sorgfältig beobachten und dem Tierarzt mitteilen.

Hautjucken: Liegt Hautjucken vor, ohne irgendwelche sichtbaren Hautveränderungen, wie sie ja bei den meisten Hauterkrankungen vorkommen: Häufiges Baden mit Alkaliseifen, das Haartrimmen, die Schur und Staub sind mögliche Ursachen. Auch beim Diabetes, bei verschiedenen Leber- und Nierenkrankheiten, bei Verdauungsstörungen, bei Fütterungsfehlern und bei den verschiedensten Allergien kann es zu Juckreiz kommen.
Der Hund wird sich an den juckenden Stellen kratzen, lecken und scheuern. Nur selten wird die Ursache klar sein, meist muß ihr der Tierarzt auf die Spur kommen. Parasiten, Hautekzeme und innere Krankheiten müssen zunächst abgeklärt und ausgeschlossen werden.

Hefe zur Gesundheitsstärkung

Ein Futterwechsel zugunsten möglichst vielseitiger Kost schadet sicher nicht. Unterstützend wirkt oft eine Messerspitze Hefe, die mit dem Futter vermischt wird.

Haarausfall: Nur bei wenigen Hunderassen, wie beispielsweise den mexikanischen Nackthunden, ist die Haarlosigkeit, wissenschaftlich Alopezie genannt, eine erwünschte Erscheinung. Haarlose Stellen sind beim Hund ansonsten krankhaft und können etwa bei starkem Ungezieferbefall, Ekzemen, Pilzerkrankungen oder bestimmten Vergiftungen auftreten. Ein symmetrischer, umschriebener Haarausfall auf dem Rücken oder in der Flankengegend, wie er nicht selten bei Hündinnen

Hormonstörungen?

vorkommt, deutet auf eine Hormonstörung hin. In diesem Fall ist die Behandlung schwierig, schlimmstenfalls kommt eine Kastration in Frage, die jedoch meist hilft.
Zunächst müssen die Ursachen des Haarausfalls herausgefunden werden. Im nächsten Schritt wird man meistens die Ernährung umstellen, was als Therapie oft schon genügt.
Brechen die Haare ab, was besonders bei langhaarigen Rassen vorkommen kann, versuchen Sie *Lycopodium D4,* 3mal täglich.

Verbrennungen, Verbrühungen, Verätzungen und Erfrierungen: Verbrennungen entstehen durch Feuer oder übermäßige Sonnenbestrahlung, Verbrühungen durch heiße und kochende Flüssigkeiten, Verätzungen durch Chemikalien, Erfrierungen durch Kälteeinwirkung. Die Symptome ähneln sich. Je nach Ausmaß kommt es zur leichteren bis schwereren Rötung der Haut und zur Blasenbildung. Bei schwereren Erscheinungen muß immer der Tierarzt helfen. Ansonsten können Sie zur unterstützenden Wundbehandlung nach dem ersten Tag zweimal täglich dünn *Calendulasalbe* oder *Johanniskrautöl* auftragen; innerlich, zur Abwehrsteigerung, geben Sie *Echinaceatinktur*, dreimal täglich 10 - 20 Tropfen, je nach Größe des Hundes.

Homöopathische Erste-Hilfe-Mittel

... im Stuhl Würmer hat

Wenn Ihr Hund sein Hinterteil ständig auf dem Boden reibt, sollten Sie seinen Stuhl auf Würmer kontrollieren. Sicherer ist die Kontrolle, wenn Sie eine Stuhlprobe bei Ihrem Tierarzt abgeben. Ist die letzte Wurmkur länger als ein halbes Jahr her, ist die Wahrscheinlichkeit groß, daß Ihr Hund verwurmt ist. Lassen Sie sich beim Tierarzt eines der modernen Wurmmittel geben, die das ganze Wurmspektrum erfassen. Regelmäßige, etwa halbjährliche Entwurmung Ihres Hundes ist auch für Ihre eigene Gesundheit von Bedeutung, vor allem, wenn Sie Kinder haben, denn einige Wurmarten sind auf den Menschen übertragbar.

Regelmäßige Wurmkuren

Spulwürmer und Bandwürmer spielen in unseren Breiten die Hauptrolle:

Spulwürmer: Bei starkem Wurmbefall fällt das stumpfe Haarkleid des Hundes auf. Heißhunger und Appetitlosigkeit wechseln miteinander ab. Weitere Erscheinungen können Durst, Erbrechen, geblähter Bauch und häufiger Durchfall sein. Nervöse Anzeichen, wie Schreckhaftigkeit und Krämpfe, werden in einzelnen Fällen durch die giftigen Stoffwechselprodukte der Würmer ausgelöst. Durch völlige Erschöpfung kann schließlich sogar der Tod des Hundes eintreten.

In Länge und Dicke sind ausgewachsene Spulwürmer mit einer Kugelschreibermine vergleichbar; insofern sind sie leicht erkennbar. Grundsätzlich kann man aber davon ausgehen, daß jeder Welpe und jeder junge Hund befallen ist. Das liegt am komplizierten Entwicklungskreislauf der Würmer. Eine Wurmkur erreicht nicht die in der Muskulatur ruhenden Larven. Plötzlich treten dann bei Hündinnen wieder Würmer auf, Feten und Welpen werden infiziert. Für Welpen sind die Würmer – anders als für den ausgewachsenen Hund – eine echte Gefahr. Also: Hündinnen 14 Tage vor und nach dem Werfen entwurmen. Wollen Sie die Würmer wirklich sicher und nachhaltig beseitigen, entwerfen Sie mit Ihrem Tierarzt einen »Schlachtplan«.

Höchst gefährlich für Welpen

Bandwürmer: Acht verschiedene Bandwurmsorten sind beim Hund anzutreffen. Am häufigsten der »gurkenkernartige« und der »gesägte« Bandwurm. Die Übertragung von Bandwürmern erfolgt nie direkt von

Hund zu Hund, sondern auf dem Wege über sogenannte Zwischenwirte. Je nach Bandwurmart kommen dafür die verschiedensten Tiere in Betracht: Flöhe (das macht auch die Wichtigkeit der Flohbekämpfung deutlich), Haarlinge, die meisten landwirtschaftlichen Nutztiere, aber auch Kaninchen, Feldhasen, Rehe und Fische. Schlecht gepflegte und ernährte Tiere stecken sich besonders leicht an.

Flöhe sind Zwischenwirte

Auch der Mensch kann sich anstecken. Für ihn ist der dreigliedrige Hundebandwurm besonders gefährlich. Er ist nur etwa 2-5 mm lang und 0,6 mm breit. Als Zwischenwirt gelten Rinder, Schafe, Ziegen, Schweine und auch der Mensch selbst.

Der Bandwurm befällt bevorzugt erwachsene Hunde, seltener Jungtiere und Welpen. Da ein geringgradiger Befall meist keine Beschwerden hervorruft, wird er vom Besitzer kaum bemerkt. Aufgrund des starken Juckgefühls rutschen die Hunde mit dem After auf dem Boden herum, sie »fahren Schlitten«. Später nimmt der Appetit ab, es kommt zu Bauchkrämpfen. Ein Massenbefall mit Bandwürmern führt schließlich zu massiver Krankheit: Der Darm entzündet sich, der Hund magert ab, wird übernervös und bekommt ein struppiges, glanzloses Fell. Auch die Leber wird geschädigt.

Bemerken Sie im Hundekot weiße, raupenähnlich sich bewegende Bandwurmglieder, ist dies immer ein Alarmzeichen, weil ja die Möglichkeit besteht, daß durch den Hund Menschen, besonders Kinder, angesteckt werden.

Der Tierarzt sollte aus dem Kot Ihres Hundes die Bandwurmart bestimmen. Danach richtet sich, welche Wurmkur Sie am besten durchführen. Zur Darmsanierung können Sie nach Abschluß der Wurmkur *Calcium carbonicum in der C200* geben – einmal eine Tablette.

Kinder unbedingt von bandwurmkranken Hunden fernhalten

Beim Umgang mit bandwurmkranken Hunden ist auf peinliche Sauberkeit zu achten. Kinder sind von solchen Hunden fernzuhalten, man sollte sich nicht belecken lassen und sich öfter mit Seife die Hände waschen, um die Wurmeier von der Hand zu entfernen.

... sich erbricht

Erbricht sich Ihr Hund gelegentlich, so ist das noch lange kein Krankheitszeichen. Jeder Hund frißt einmal etwas Unrechtes, und dann ist es im Gegenteil sogar nützlich und wünschenswert, wenn er sich erbricht. Erbrechen kann auch ein Zeichen für eine Neurose sein und ist dann oft mit Durchfall verbunden. An eine Neurose sollte man denken, wenn der Hund ansonsten völlig gesund ist: normale Temperatur, guter Appetit, Lebhaftigkeit.

Reiseübelkeit

Vielen Hunden wird es bei längeren Transporten im Auto, Zug oder Flugzeug übel. Auch daran ist also zu denken.

Verdauungs-, Erkältungs- und Infektionskrankheiten

Natürlich ist Erbrechen aber auch ein Symptom, das bei verschiedensten Krankheiten des Verdauungssystems auftritt. So weisen Krankheiten des Magens, der Leber und des Darmes, aber auch verschiedene Erkältungs- und Infektionskrankheiten Erbrechen in ihrem Beschwerdebild auf. Auch rufen verschiedene Vergiftungen Erbrechen hervor. Ein ernstes Symptom, das Sie schnell zum Tierarzt führen sollte, ist ständiges Erbrechen. Dem kann auch eine schwere Nierenerkrankung zugrunde liegen.

Kamillentee und Homöopathie

Sie sehen also, wie wichtig es ist, die Ursache herauszufinden. Und das kann in vielen Fällen nur der Tierarzt. Als eine erste Maßnahme gegen Erbrechen kann man dem Hund warmen *Kamillentee* mit einer Prise Salz verabreichen. Auch zwei homöopathische Mittel wirken unterstützend: *Ipecahuanha D4* oder *Nux vomica D6.* Dreimal täglich eine Gabe bis zum Abklingen der Beschwerden.

Bei Reisebeschwerden ist übrigens gleichfalls *Nux vomica* bewährt, eine Gabe der D30, zweistündig während der Reise, wenn der Hund besonders unruhig ist. Legt sich der Hund eher zu Boden und erbricht dann, ist *Cocculus D6* geeignet, stündlich während der Fahrt. Wenn Sie wissen, daß Ihr Hund empfindlich ist und welche Symptome meist überwiegen, geben Sie *Nux vomica* oder *Cocculus* schon eine halbe Stunde vor Reiseantritt ein. Eine häufige Ursache für Erbrechen ist die

Reizung oder Entzündung der Magenschleimhaut (Gastritis): Aus verschiedenen, teils schon genannten Gründen kann ein Hund eine Gastritis bekommen, aber auch wenn er beispielsweise den ersten

Schnee genußvoll aufleckt, generell natürlich durch zu kalte oder zu heiße Nahrung, Ursachen, bei denen eine Abhilfe nicht schwer ist. Muß sich ein Hund häufiger erbrechen, verliert der Körper viel Salz in Form von Magensäure. Bei älteren Tieren kann man noch einen Tag abwarten, bei jungen wird dieser Umstand jedoch schnell bedrohlich; der Tierarzt muß mit Injektionen und Infusionen helfen.

Wichtig: Das Tier muß seine Salzvorräte ergänzen können. Sie können Ihrem Hund gesalzene Fleischbrühe in kleinen Portionen anbieten. Brühe mit Haferschleim ist noch besser. Es ist schon viel gewonnen, wenn kleine Mengen Nahrung im Magen bleiben. Keinesfalls sollten Sie zuviel füttern, das wird der Magen oft nicht vertragen, und es kann einen Rückfall auslösen. Auch die eingangs dieses Abschnitts genannten homöopathischen Mittel wirken bei Gastritis.

Salzhaushalt ausgleichen

Fremdkörper im Magen oder Darm: Ein sehr ernstes Krankheitszeichen ist es, wenn sich ein Hund ständig erbrechen muß und gleichzeitig nur sehr wenig oder überhaupt keinen Kot absetzt. Ein harmloser Test: Führen Sie ein Thermometer in den After ein, als würden Sie die Temperatur messen. Wenn anstatt Kot nur Schleim daran kleben bleibt, deutet das auf einen Darmverschluß hin, der in den meisten Fällen durch Fremdkörper im Magen oder Darm verursacht ist. Gefährlich sind hier beispielsweise Pfirsichkerne, Knochenstücke, Gummibälle und Steine. Der Darmverschluß kann auch durch eine Verdrehung des Darmes oder einen Tumor ausgelöst werden. Der Tierarzt muß sobald wie möglich operieren, es ist keinerlei Zeit zu verlieren.

Diagnose-Test Darmverschluß

... Durchfall hat

Durchfall ist wie Erbrechen keine Krankheit an sich, sondern ein Symptom, ein Kranheitszeichen. Hat ein Hund außerdem über 39,5°C Temperatur, wenig Appetit und wirkt abgeschlagen, sollte er zum Tierarzt gebracht werden. Kein gutes Zeichen ist Untertemperatur, auch hier unbedingt zum Tierarzt.

Entzündungen im Verdauungstrakt

Für den Durchfall ist meistens eine Entzündung im Bereich des Magen-Darm-Kanals verantwortlich. Mögliche Ursachen sind etwa Ernährungsfehler, verdorbene Nahrungsmittel, Vergiftungen, bestimmte Infektionskrankheiten, wie etwa Parvovirusinfektion, Würmer, Fremdkörper, wie Knochensplitter, und Tumoren.

Anfangs wirkt der Hund teilnahmslos, hat keinen rechten Appetit. Später dann kommt Durchfall, oft auch Erbrechen dazu. Der Kot ist breiig, wäßrig oder auch mit Blut vermischt. Das Haarkleid wird bald glanzlos und struppig sein. Mit einer Infektion müssen Sie rechnen, wenn Fieber auftritt.

Ernährungsfehler

Sehr häufig ist der Durchfall nahrungsbedingt: durch ungenügende und einseitige Nahrung, durch Diätfehler oder auch durch ständiges Trinken von kaltem Wasser. Es gibt kaum allgemein gültige genaue Richtlinien zur Hundenahrung, außer über die notwendige Eiweiß-, Vitamin- und Mineralstoffversorgung. Während ein bestimmtes Futter bei einem Hund zu Durchfall führt, tut es dies bei einem anderen nicht. Erfahrungsgemäß wirken folgende Nahrungsmittel oftmals abführend bei Hunden: rohe Leber, rohes Fleisch, Milch, rohes Ei und sehr fette Nahrung. Beginnt der Durchfall, nachdem Sie gerade die Nahrung Ihres Hundes gewechselt haben, stoppen Sie ihn am besten dadurch, daß Sie zur gewohnten Nahrung zurückkehren. Bei einem einfachen verdorbenen Magen genügt meist eine kurze Fastenzeit und schwarzer Tee.

Erste Hilfe: Fasten und Schwarzer Tee

Bei einem normalen, hartnäckigen Durchfall geben Sie Ihrem Hund die ersten zwei Tage lang *keine* Nahrung. An Getränken geben Sie mehrmals reichlich *schwarzen Tee* und etwas abgekochtes Wasser. Außerdem *Carbo medicinalis (Medizinische Kohle)*, 5 - 10 g täglich, mit etwas Wasser verrührt. Bewährt ist auch ein *Eichenrindenaufguß*, von dem Sie, je nach Größe des Hundes, einen Tee- oder Eßlöffel mehrmals täglich eingeben.

Sorgen Sie für hygienische Verhältnisse, und reinigen und pflegen Sie Ihren Hund und seine Ruhestatt besonders sorgfältig. Ab dem dritten Tag verabreichen Sie dann mehrmals täglich in kleinen Portionen reizlose und leichtverdauliche Nahrung, beispielsweise durchgeseihte Reissuppen, Haferschleim, gekochte Haferflocken, denen Sie reichlich Fleischbrühe (für die Salzzufuhr!) und etwas Eidotter beigeben. Milch, Zucker und Fett sind in der Gesundungszeit von der Kost abzusetzen. Sobald sich der Zustand Ihres Hundes bessert, können Sie kleine Stückchen gekochtes Fleisch dazugeben. Bleiben Sie 2 - 3 Tage bei der Durchfalldiät, auch wenn Ihr Hund sie anfangs verschmäht. Der Hunger treibt ihn früher oder später schon »zu Tisch«. Ist der Durchfall ausgeheilt, kehren Sie allmählich mit mehrmals täglich verabreichten, kleinen Portionen zur gewohnten Nahrung zurück.

Die ideale Diät bei Durchfall

Bei akuten Durchfällen können Sie auch die homöopathischen Arzneimittel *Carbo vegetabilis D6* und *Podophyllum peltatum D4,* je dreimal täglich, versuchen.

Für einen kräftigen Hund ist die Darmreinigung durch Fasten und Leerwerden des Darmes keinerlei Problem, geschwächte Tiere lassen sich mit guter Fleischbrühe aufpäppeln, der Tierarzt sollte da allerdings kontrollieren.

Egal, welche Ursache: Starke Durchfälle, fiebrige Durchfälle und hohe Flüssigkeitsverluste durch Durchfall und Erbrechen sollten Sie baldmöglichst zum Tierarzt führen.

Durchfall als Protestausdruck

Was ist aber, wenn Ihr ansonsten wohlerzogener Hund plötzlich die Wohnung verunreinigt und voll macht, dabei aber putzmunter wirkt? Der Gedanke liegt nahe, daß es sich hier um eine Neurose handelt. Überlegen Sie: Hat sich in Ihrer Familie etwas verändert, ist vielleicht ein neues Familienmitglied, ein Baby oder auch ein längerbleibender Besucher dazugekommen? Haben Sie die Wohnung gewechselt oder auch nur die Schlafstelle Ihres Hundes verrückt, seine Futterzeit verlegt, oder lassen Sie ihn oft für längere Zeit allein?

Einige Dinge, wie der Schlafplatzwechsel, lassen sich ja wieder rückgängig machen, andere nicht. Die wichtigste Therapie besteht darin, ihm wieder mehr Beachtung zu schenken. Unternehmen Sie mehr mit ihm, zeigen Sie ihm Ihre Zuneigung, und schimpfen Sie nur, wenn er gerade wieder sein unerwünschtes Geschäft macht.

... verstopft ist

Bewegungsmangel und Fehlernährung

An erster Stelle aller Verstopfungsursachen stehen einseitige und falsche Fütterung sowie mangelnde Bewegung. Eine Futterumstellung muß daher jede Behandlung einleiten, und danach muß die Frage des notwendigen Auslaufes geklärt werden. Im Zweifelsfalle aber ist immer der Tierarzt zu Rate zu ziehen: Schließlich können auch so ernste Ursachen wie Tumoren oder Fremdkörper zur Verstopfung führen.
Als verantwortungsvoller Hundebesitzer werden Sie sicher darauf achten, wie das große Geschäft Ihres Schützlings beschaffen ist. Geformte Würste sollten es sein, die Ihr Hund ohne Mühe absetzen kann. Muß er heftig pressen und fallen dann harte Brocken heraus, kündigt sich eine Verstopfung an. Vielleicht war das Futter zu trocken, oder Sie haben zuwenig Wasser bereitgestellt, vielleicht haben Sie auch eine große Menge weicher Knochen verfüttert. Bei länger dauernder Verstopfung ist dann der Leib etwas aufgetrieben. Tastet man seinen Bauch ab, äußert der Hund möglicherweise auch Schmerzen. Die Aftergegend kann gerötet und geschwollen sein, oft sind die Tiere unruhig und gehen gespannt, mit gestrecktem Schweif.
Solange der Stuhlgang wenigstens noch einigermaßen klappt, sollte man noch nicht zu Abführmitteln greifen oder einen Einlauf machen. Oft läßt sich die Verstopfung über das Futter regulieren. Überlegen Sie, was bei Ihrem Hund normalerweise abführend wirkt. Häufig ist das Dosenfutter, auch rohes Fleisch, Leber, rohes Ei, bei einigen Hunden auch Milch und Milchprodukte. Ansonsten erhalten Sie geeignete Präparate bei Ihrem Tierarzt. Von Rizinusöl muß generell abgeraten werden, es kann schmerzhafte Darmkrämpfe verursachen und bei einem möglichen Darmverschluß eine zum Tod führende Verschlechterung bewirken.

Von Rizinusöl wird abgeraten

Eine homöopathische Therapiemöglichkeit bei akuter Verstopfung ist *Nux vomica D6* und *Carbo vegetabilis D6,* alle zwei Stunden im Wechsel.

Eine simple Regulierung der Verstopfung über die Nahrung wird wenig nützen, wenn es sich um eine **Koprostase** handelt. Das ist das Fachwort für eine hartnäckige Verstopfung, die fast immer durch eine überwiegende Fütterung des Hundes mit Knochen verursacht wird. Und das ist gar nicht so selten. Im Mastdarm sammelt sich dann ein besonders harter, bröckeliger Kot an, der mit Knochensplittern durchsetzt ist. Der Hund drückt und preßt, bringt aber nichts zustande. Besser als jedes Abführmittel, das dem Hund nur starke Schmerzen bringen wird, ist in solchen Fällen ein Einlauf. *Glyzerinklistiere* beispielsweise sind in jeder Apotheke erhältlich. Sie können auch eine Gummi-Ballonspritze mit Paraffinöl füllen. Der weiche Gummi verletzt den Darm nicht, die harte Kotmasse wird angeweicht und löst sich dann hoffentlich nach einiger Zeit. Den Einlauf können Sie am Tage dreimal wiederholen. Wenn Ihnen diese Prozedur zu unangenehm ist oder der Erfolg ausbleibt, sollten Sie nicht länger abwarten, sondern gleich zum Tierarzt gehen. Eine Koprostase verschlimmert sich durch die weitere Austrocknung des Kots von Stunde zu Stunde.

Glyzerinklistiere und andere Einlaufmethoden

Zur Verstopfung führt auch die Vergrößerung der Vorsteherdrüse (Prostata). Besonders ältere Rüden, die öfter an Verstopfung leiden, haben nicht selten ein **Prostataleiden.** Die normalerweise etwa walnußgroße Vorsteherdrüse kann dabei größer als ein Apfel werden, engt so den Beckendurchmesser ein, drückt auf den Darm und staut so den Kot. Klarheit darüber bringt eine Röntgenuntersuchung.
Als Therapie wird der Tierarzt eine Hormonbehandlung verordnen oder die Kastration empfehlen. Die Erfolgsaussichten sind dabei recht gut. Lassen Sie also bei alten Rüden, die oft an Verstopfung leiden, immer abklären, ob sie ein Prostataleiden haben.

Mit Prostataleiden zum Tierarzt

Eine Folge häufigerer Verstopfung, die dann selbst zur Ursache für Verstopfung wird, ist die häufig vorkommende **Analdrüsenentzündung.** Beidseits des Afters liegen die zwei erbsengroßen Analdrüsen. Bei einer chronischen Verstopfung wird immer auch der After gereizt, und das kann dazu führen, daß die Öffnungen der beiden Analdrüsen zuschwellen, ihr Inhalt sich staut, die Drüsen sich entzünden. Die Öffnung des Afters ist dann rot und geschwollen, der Hund leckt sich am After und »fährt Schlitten« auf dem Boden (dies kann aber auch ein Zeichen für Wurmbefall sein, siehe Seite 116). Der Tierarzt wird mit entzündungswidrigen Präparaten behandeln. Leider neigt die

Folge von chronischer Verstopfung

Analdrüsenentzündung zum Rückfall. Vorbeugend versuchen Sie daher am besten, durch die entsprechende Ernährung für gut geformten, weichen Kot zu sorgen. Weich heißt aber wohlgemerkt nicht chronischer, leichter Durchfall, da die Nährstoffversorgung bei jedem chronischen Durchfall zu wünschen übrig läßt.

Mangelnde Hygiene mit schwerwiegenden Folgen

Eine simple Verstopfungsursache gibt es bei langhaarigen oder auch zu schlecht gepflegten Hunden, die trotz heftigen Pressens keinen Kot absetzen können: die **Afterverklebung.** Dabei sind Haare mit eingetrocknetem Kot so verfilzt und verklebt, daß keine Entleerung mehr möglich ist. Sorgfältig muß man dann mit einer milden Seifenlösung die Anal-Gegend gut einweichen und die Haare abschneiden. Wurde der After endlich freigelegt, klappt der Kotabsatz oft immer noch nicht. Das gibt sich dann entweder von allein, oder Sie leisten mit einem Klistier zusätzliche Hilfestellung. Sorgen Sie bei langhaarigen Hunden immer dafür, daß der After freibleibt: Ihrem Hund bei einer solchen Afterverklebung nicht zu helfen ist nichts anderes, als würden Sie Ihr Baby in seinen vollen Windeln liegen lassen, ohne regelmäßig frisch zu wickeln.

... hinkt und lahmt

Selten ist die Ursache für Hinken und Lahmen eines Hundes leicht festzustellen. Außer, Sie waren direkt Zeuge eines Unfalls oder eines Sprunges aus großer Höhe. Auch einfachere Ursachen, wie ein Dorn im Ballen oder eine rheumatische Erkrankung, können sich in einer hinkenden Fortbewegung äußern.

Muskelkater-vorbeugung

Übrigens: Auch einem Muskelkater kann man vorbeugen, indem man nach einer anstrengenden Tätigkeit *Rhus toxicodendron D30* gibt, zweimal täglich eine Gabe. Zittern die Glieder, so versuchen Sie *Magnesium phosphoricum D6,* drei Gaben täglich.

Knochenbruch, Verstauchung und Verrenkung: Verletzungen des Bewegungsapparates – beispielsweise von Knochen, Sehnen, Bändern und Muskeln – entstehen meist durch Verkehrsunfälle, durch hohe Sprünge und durch Schläge mit Stöcken und andere grobe Mißhandlungen. Die verschiedenartigsten Frakturen können so entstehen. Oft sind auch noch Weichteile (Haut, Muskeln, Sehnen, Bänder) verletzt, so daß im Bereich der Verletzung Schwellungen oder Wunden auftreten.

Verletzungs-diagnosen

- Frakturen der **Beine und Zehenknochen** erkennen Sie daran, daß der Hund lahmt, er kann sich mit dem verletzten Glied nicht mehr abstützen, es hängt meist pendelnd herunter.
- Bei einer Fraktur des **Unterkiefers** kann der Hund seinen Fang nicht mehr vollständig schließen. Die Nahrungsaufnahme ist daher kaum noch möglich.
- Liegen **Wirbelfrakturen** vor, so ist die Nachhand ganz oder teilweise gelähmt. Oft sind dann Harn- und Kotabgang entweder nicht mehr möglich, oder sie erfolgen unwillkürlich.
- Beim **Beckenbruch** kann es zu leichten Lahmheiten einer hinteren Gliedmaße bis hin zur vollständigen Lähmung der Nachhand kommen. Der Hund kann sich dann in der Nachhand nicht mehr erheben.
- Nach einer Fraktur der **Schwanzwirbel** kann das letzte Ende des Schwanzes nicht mehr bewegt werden und hängt herunter. Beim Betasten äußern die Tiere an der betreffenden Bruchstelle Schmerzen, so daß diese leicht zu lokalisieren ist. Selbstverständlich gehen Sie beim Betasten behutsam vor.

Das letzte Wort hat der Tierarzt

Die genaue Diagnose bei Verletzungen des Bewegungsapparates muß der Tierarzt stellen. Vielfach wird erst die Röntgenaufnahme klären, ob wirklich ein Bruch vorliegt. Es könnte sich ja auch um eine Gelenkverlagerung, eine Verstauchung oder eine Prellung handeln. Unkomplizierte Brüche heilen unter einem Stützverband (Gips, Kunststoff) am besten, kompliziertere müssen operiert, genagelt oder verschraubt werden. Vorsicht bei offenen Brüchen (Brüche mit einer Verletzung der Haut): Es besteht Infektionsgefahr. Decken Sie die Wunde keimfrei zu, und bringen Sie den Hund unverzüglich zum Tierarzt.

Erste Hilfe gegen Schockzustände

Verletzungen des Bewegungsapparates gehen immer einher mit einem leichten oder schweren Schock, mit Schwellungen und Blutergüssen. Ein wichtiges homöopathisches Mittel: Sie geben sofort *Arnika D6,* alle zwei Stunden. Sind Nerven verletzt, zusätzlich *Hypericum D3,* im Wechsel mit Arnika. Ab dem zweiten Tag dann *Arnika D6,* dreimal täglich, bis die Schwellung zurückgeht.

Die Nahrung des Hundes sollte bei Verletzungen immer besonders reich an Nährstoffen, Vitaminen und Mineralstoffen sein.

Homöopathische Mittel

Handelt es sich um eine Verstauchung oder Verrenkung, sollte Ihr Hund wenig Bewegung mit längeren Ruhepausen haben. Umschläge mit Arnikaessenz werden helfen. Gut sind auch Umschläge mit *Kyttasalbe oder Kyttaplasma.* Und, wie gesagt, *Arnika D6,* wie oben angegeben. Liegt eine Bänderzerrung vor oder überhaupt eine Verstauchung, geben Sie zusätzlich *Rhus toxicodendron D6,* am ersten Tag zweistündlich im Wechsel mit *Arnika D6,* dann dreimal täglich. Sind Sehnen verletzt, ist *Ruta D3,* dreimal täglich, angebracht. Zu einer höheren Arnikapotenz sollten Sie bei Verrenkungen greifen: *Arnika D30,* dreimal täglich einige Tage lang. Zur unterstützenden Behandlung bei einem Knochenbruch geben Sie *Symphitum D6,* im Wechsel mit *Calcium phosphoricum D3,* je drei Gaben täglich. Auch bei Knochenbrüchen sind Umschläge mit Kyttaplasma gut geeignet.

Zu Wunden und Verletzungen siehe auch Seite 132.

Ballenverletzungen: Ihr Hund scheut sich, eine Pfote aufzusetzen, und winselt, wenn er es tut? Dann hat er sich möglicherweise den Ballen verletzt, vielleicht auch einen Dorn, Glassplitter oder ähnliches eingetreten. Ist die Wunde klar sichtbar, möglicherweise klaffend, dann gehen Sie sehr bald zum Tierarzt, der vermutlich nähen wird. Ballenverletzungen heilen nämlich ausgesprochen schlecht, da das Ballengewebe wenig durchblutet wird. Natürlich ist es zweckmäßig, zunächst zu prüfen, ob auch wirklich eine Ballenverletzung vorliegt. Bei ruhigen Hunden geht das vielleicht auch im Sitzen, sonst legen Sie das Tier hin. Umfassen Sie dann zunächst eine gesunde Pfote mit der Hand, und drücken Sie sie mehrfach zusammen. Zunächst wird Ihr Hund einen kleinen Schreck bekommen, sich dann aber an das Drücken gewöhnen. Nun ist es möglich, die eventuell verletzte Pfote kurz und mittelkräftig zu drücken. Achten Sie auf eine Schmerzreaktion. Tapfere oder verängstigte Hunde winseln möglicherweise gar nicht und lecken sich die Mundwinkel ab, was ebenfalls ein Schmerzzeichen ist. Geht der Test deutlich positiv aus, suchen Sie nach einem Fremdkörper. Schauen Sie genau, der Dorn kann sehr klein oder auch tief eingetreten sein. Haben Sie ihn entdeckt, ziehen Sie ihn mit einer Pinzette heraus.

So stellen Sie eine Ballenverletzung fest

Bei kleineren Wunden können Sie einen Fußverband versuchen. Polstern Sie den Zehenzwischenraum mit Watte aus, dort nämlich schwitzt der Hund, versorgen Sie die Wunde mit Wundpuder, und wickeln Sie eine Mullbinde herum. Zum Schluß befestigen Sie den Verband mit Isolierband. Das Anlegen eines solchen Verbandes bereitet oft Probleme und funktioniert meist nur bei ruhigen und gehorsamen Hunden, denen man das Nagen am Verband verbieten kann. Es gibt auch spezielle Plastikhalskrägen als Nageschutz.

Das Anlegen eines Fußverbandes

Keine Verletzung, aber gleichfalls unangenehm und schmerzhaft für Ihren Hund sind **wunde Ballen.** Die können Hunde bekommen, die viel auf der Straße laufen, ganz besonders im Winter, wenn Streusalz ausliegt. Vorbeugend und heilend wirken da spezielle Ballensprays, die im Zoofachhandel erhältlich sind. Besser noch ist eine schutzfilmbildende Kunststofftinktur, die auf den Ballen aufgetragen wird und schnell hart wird. Fragen Sie Ihren Tierarzt danach.

Gefährdung durch Streusalz

Stellen Sie eine deutliche Schmerzreaktion fest, bemerken aber keinen Fremdkörper und keine Verletzung, dann untersuchen Sie doch einmal sorgfältig die Haut zwischen den Ballen. Möglicherweise liegt ein *Intertrigo* vor, ein hochschmerzhaftes **Zwischenzehenekzem.** Schon eine geringe Entzündung zwischen den Zehen, wenn die Haut etwas rot ist mit kleinen Pickelchen und verklebten Haaren, kann eine deutliche Lahmheit bewirken. Die Pfote muß verbunden werden, auf die Entzündung kommt ein guter Wundpuder oder eine vom Tierarzt verschriebene Salbe.

Häufig vorkommende Erbkrankheit

Hüftgelenksdysplasie (HD): Die Mißgestaltung des Hüftgelenks beim Hund ist eine der zur Zeit bedeutendsten Erbkrankheiten. Kennzeichen sind eine Abflachung der Gelenkpfanne des Hüftgelenks sowie Veränderungen am Kopf und Hals des Oberschenkelknochens. Die Krankheit entwickelt sich meist im Verlauf des ersten Lebensjahres des Hundes, tritt dann aber erst nach unterschiedlichen Zeiten in Erscheinung. Anfangs sind nicht einmal die geringsten Anzeichen einer Lahmheit festzustellen. Erst im fortgeschrittenen Stadium fällt ein zögernder, schwankender Gang in der Hinterhand auf, der für die HD typisch ist. Häufiges Sitzen und Schonen der Hinterhand, Hemmungen beim Springen und schnelle Ermüdung vervollständigen das Krankheitsbild. Auffällig ist auch, daß die Hunde im Sitzen und bei der Entlastung einer Gliedmaße im Stand diese nach außen drehen.
Die Erkrankung ist bei allen Hunderassen zu finden. Besonders häufig sind davon Neufundländer, Boxer, Rottweiler, Deutscher Schäferhund, Kuvasz und Riesenschnauzer befallen.

Symptome und ihre Linderung

Die Hüftgelenkdysplasie ist nicht zu heilen. Man kann versuchen, mit bestimmten Hormonen eine vorübergehende Besserung zu erzielen. In der weiteren Folge wird sich die Behandlung darauf beschränken müssen, die Beschwerden zu lindern. In einigen Fällen kann eine Operation helfen. Auf keinen Fall würde ich einen liebgewordenen Hund wegen HD sofort aufgeben.

Rheumatische Erkrankung: Die Ursachen einer Gelenkentzündung sind zunächst meistens unklar und müssen durch eine tierärztliche Untersuchung abgeklärt werden. In Frage kommen u. a. Prellungen, Verletzungen, Zerrungen, Verstauchungen, Verrenkungen, Überanstrengung oder eben Rheuma. Besonders dann, wenn ein älterer Hund nach einem harmlosen Spaziergang müde wirkt und immer stärker zu lahmen anfängt, muß man an Rheuma denken. Rheumatische Erkrankungen können akut oder chronisch verlaufen.

Je nachdem, welches Gelenk betroffen ist (besonders Hüft-, Knie-, Schulter- und Ellenbogengelenk), besteht eine mehr oder weniger ausgeprägte Lahmheit, die mit offensichtlichen Schmerzen verbunden ist. Die erkrankten Gelenke sind auch manchmal verdickt und auffällig warm. Manchmal humpeln die Tiere auch nur noch auf drei Beinen. Weniger Schmerzen verursacht eine chronische Rheuma-Lahmheit.

Kennzeichen: schmerzende Lahmheit

Bei akuter Krankheit sorgen Sie dafür, daß sich der Hund ruhig verhält und das betreffende Gelenk möglichst wenig bewegt. Gut eignet sich eine entsprechend hohe Kiste als Krankenlager. Prüfen Sie auch die Zimmertemperatur in Hundehöhe und ob Zugluft vorhanden ist, und sorgen Sie für eine gut isolierte Lagerstatt. Handelt es sich um eine akute Gelenkentzündung, können Sie kühlende Umschläge mit essigsaurer Tonerde anlegen. Sind keine Schmerzen mehr vorhanden, geht man zu warmen Verbänden und Einreibungen mit Jod- und Kampfersalbe über. Ist der akute Rheumaschub vorbei (oder auch bei chronisch verlaufender Krankheit), tut dem Hund leichte Bewegung gut, damit die Gelenke beweglich bleiben.

Erste Hilfe durch Hausmittel

Homöopathisch können Sie bei akuter Arthritis *Bryonia D6* und *Rhus toxicodendron D12,* je fünfmal täglich bis zur Besserung, geben. Bei chronischer Arthritis *Bryonia D30* und *Rhus tox. D30,* je einmal am Tag, bis zur Besserung.

Oft müssen beim Hund – genauso wie beim Menschen – starke Rheumamittel eingesetzt werden. Ist eine Dauerbehandlung notwendig, muß der Tierarzt regelmäßig auf eventuelle Nebenwirkungen untersuchen.

Homöopathie

Ist ein Gelenk klassisch entzündet, mit Schwellung, Rötung, Hitze und Schmerzen, versuchen Sie *Belladonna D6,* fünfmal täglich, bis zur Besserung. Auch *Apis D6* kann helfen.

Dackellähme: Wie der Name schon sagt, leiden hauptsächlich (ältere) Dackel, gelegentlich sogar schon in jungen Jahren, an dieser Krankheit. Sie kann aber auch bei anderen Rassen, wie Pudeln, Pekinesen und Spaniels, auftreten. Dackel sind mit ihrem langen Rücken aber besonders gefährdet. Die langgestreckte Wirbelsäule muß dem gesamten Körper als Stütze dienen und wird dieser Beanspruchung und Belastung oft nicht gerecht. Die knorpligen, elastischen Zwischenwirbelscheiben halten dem ständigen Druck nicht stand, sie quellen aus ihrer Lage in Richtung auf den Wirbelkanal heraus und drücken auf das Rückenmark. Dabei werden dann Nervenstränge beschädigt, es kommt zu Lähmungserscheinungen. Das Spektrum der Beschwerden reicht von einer unauffälligen Steifheit bis zur totalen Lähmung des Hinterteiles.

Die Dackellähme äußert sich durch mehr oder weniger ausgeprägte Schmerzen, die von den Hundebesitzern häufig als »Rheumatismus« bezeichnet werden. Viele Hundehalter kennen schon die Krisenzeiten im Frühjahr und Herbst. Manchmal kann ein Sprung vom Sessel, vom Treppenabsatz, aus dem Bus, der Straßenbahn zu einem akuten Bandscheibenvorfall mit Lähmungserscheinungen führen. Ein plötzlicher Schmerzenslaut des Hundes wird da oft zuwenig ernst genommen. Wenn sich das Tier nur noch mit Mühe erheben, die Hinterbeine nicht mehr belasten kann, so daß das Hinterteil nachgeschleppt wird (Fischrobbenstellung), dann ist eine vollständige Lähmung vorhanden. Damit verbunden ist oft auch eine Lähmung der Blasen- und Darmmuskulatur, so daß es zum unkontrollierten Absetzen von Harn und Kot kommt. (Schmerzen verspürt der Hund bei dieser Art Lähmung nicht.)

Akuter Bandscheibenvorfall

Aber auch schon früher macht sich die Dackellähme bemerkbar: Womöglich springt Ihr Dackel nicht mehr so elegant wie gewohnt in sein Körbchen, oder er bleibt am ersten Treppenabsatz stehen und läßt sich hinauf- und heruntertragen. Vielleicht läuft er auch mit gekrümmtem Rücken umher, und faßt man ihn in der Lendengegend, so schnappt er vor Schmerz zu. Hebt man ihn hoch, winselt oder schreit er. Lähmungserscheinungen erkennt man, wenn ein Hund beginnt, sich unsicher zu bewegen und öfters strauchelt, wobei die Hinterbeine wegrutschen.

Symptome

Wie Sie sehen, ist das Krankheitsbild recht vielgestaltig, und auch der Verlauf der Dackellähme ist höchst unterschiedlich. Daher gibt es keine einheitliche Behandlungsmethode. Generell gilt, daß auch bei schwersten Lähmungen noch Hoffnung besteht, solange Schmerz vorhanden ist. Leichte Bewegung ist gut, vorausgesetzt, die Schmerzen lassen es zu. Treppauf und treppab sollten Sie Ihren Hund aber in diesem Fall unbedingt tragen, denn Treppensteigen stellt für ihn eine große und unnötige Belastung dar.

Die Dackellähme muß und kann intensiv behandelt werden, man braucht allerdings viel Geduld. Wiederholte Bewegungen (Strecken und Beugen) der betreffenden Gliedmaßen in Verbindung mit Bürstenmassagen verstärken die Durchblutung und wirken sich lindernd aus. Auch müssen Gehversuche durchgeführt werden. Dazu können Sie in schwereren Fällen auch ein Handtuch unter dem Leib hindurchschlingen, um den Hund festhalten und unterstützen zu können. Wie beim Rheuma helfen Wärme und Einreibungen der harten Rückenmuskulatur.

Bewegungstherapie und Bürstenmassagen bringen Linderung

Bei einem Rückfall müssen Sie schnell reagieren: Wärme in jeder Form, leichte Bewegung ohne Anstrengung und Tabletten oder Zäpfchen nach Vorschrift.

Wichtig ist eine enge Zusammenarbeit zwischen Ihnen und dem Tierarzt.

... verletzt ist

Hunde kommen manchmal mit allerlei Verletzungen und Wunden nach Hause. Gewöhnlich sind Beißereien untereinander, sehr oft aber auch Verletzungen durch Unfälle, Hängenbleiben am Stacheldraht und Zehenverletzungen durch Glasscherben usw. der Anlaß.

Ruhe bewahren und Blutungen zum Stillstand bringen

Ruhe zu bewahren ist auch bei größeren Wunden erste Fürsorgepflicht. Erfahrungsgemäß heilen die Wunden beim Hund verhältnismäßig schnell. Prüfen Sie in Ruhe, ob eine Blutung vorliegt und welche Art von Verletzungen. Um eine stärkere Blutung zum Stehen zu bringen, nehmen Sie ein Verbandspäckchen und wickeln es fest um die blutende Stelle. Dann muß in diesem Fall ohnehin der Tierarzt aufgesucht werden. Klaffende Risse müssen vom Tierarzt unter Betäubung genäht werden.

Bei kleineren Schrammen und Rissen entfernen Sie vorsichtig mit einer gebogenen Schere die Haare darum herum und streuen etwas Wundpuder darauf, wenn die Stelle nicht abgeleckt werden kann. (Ansonsten besteht die Gefahr, daß die Tiere Puder oder Salbe wieder ablecken, was dann zu Verdauungsstörungen oder Vergiftungen führen kann.)

Nach einem Unfall sollten Sie Ihren Hund immer sorgfältig und aufmerksam beobachten. Auch wenn Sie keine äußeren Verletzungen sehen und Ihr Hund nach kurzer Zeit wieder munter herumspringen will, lassen Sie ihn besser angeleint. Es könnten innere Verletzungen vorliegen. Außerdem sind auch gut erzogene Hunde aufgrund des Schocks vielleicht unruhig und unberechenbar. Beachten Sie auch das Allgemeinbefinden; verschlechtert es sich, gehen Sie lieber zum Arzt.

Nach einem Kampf das Allgemeinbefinden beobachten

Beißereien wirken meistens eindrucksvoller, als sie es sind. Bei größeren Verletzungen müssen Sie selbstverständlich den Tierarzt aufsuchen.

Aufpassen sollten Sie, wenn kleinere Hunde kräftig von größeren gebeutelt werden, wobei sich die Haut oft handflächengroß ablöst. Man sieht dann später nur kleine, unscheinbare Löcher, die von den Reißzähnen des größeren Hundes stammen. Diese Löcher sind aber erstens meist tiefer, als sie aussehen, und zweitens von den Zähnen des anderen Hundes kräftigst infiziert. Der Tierarzt wird diese Wunden mit Antibiotika behandeln. Auch wenn Ihr Hund einige Tage nach einer

Beißerei plötzlich Fieber bekommt, suchen Sie sofort den Tierarzt auf. Dann macht sich nämlich eine Wundinfektion breit.

Nachfolgend finden Sie eine Aufstellung der häufigsten Verletzungsarten und Hinweise zu ihrer medikamentösen Behandlung:

Die häufigsten Verletzungsarten ...

- Bei schweren **Kopfverletzungen** durch Stürze und Unfälle liegt immer eine Gehirnerschütterung vor. Taumelt ein Hund, fällt dann hin und steht wieder auf, als wäre nichts geschehen, kann das auf eine Gehirnerschütterung hindeuten. Wenn er sich außerdem erbricht, tief atmet, die Augen hin- und herrollt, sind das weitere und durchaus ernst zu nehmende Hinweise, der Tierarzt ist unverzüglich aufzusuchen.
Bei einer Gehirnerschütterung geben Sie Ihrem Hund *Arnica D4,* abwechselnd mit *Hypericum D3,* alle 15 Minuten eine Gabe in den ersten Stunden; dann einige Tage lang je dreimal täglich. Bei Verschlechterung ist der Tierarzt aufzusuchen.
- *Hypericum* ist überhaupt das Mittel der Wahl bei allen Arten von **Nervenverletzungen,** auch bei Hautabschürfungen oder wenn beispielsweise nach einem traumatischen Unfall Lähmungen auftreten: *Hypericum D3,* vier Gaben stündlich. Nach dem ersten Tag weiter mit D6, dreimal täglich.

... ihre Symptome ...

- Bei stark blutenden **Bißwunden** oder auch **Quetschungen** greifen Sie zu *Arnica D1* und *Hamamelis D4,* je viermal in der Stunde im Wechsel, bis die Blutung steht. Zusätzlich dann *Calendula D3,* dreimal täglich.
- **Stichwunden** und Verletzungen durch spitze Gegenstände lassen *Ledum D4* angeraten sein, alle 15 Minuten den ersten Tag, dann dreimal täglich.
- **Verletzungen der Sehnen, Bänder und Gelenke** sprechen meist gut auf *Ruta graveolens D3* an, viermal täglich, bis zur Besserung. Zusätzlich Umschläge mit verdünnter *Calendulatinktur.*

... und ihre Behandlung

- **Schlecht heilende Wunden,** beispielsweise Operationswunden oder eitrig werdende Narben, können mit *Staphisagrid D6,* dreimal täglich, therapiert werden.
- Kleine, aber häufige Verletzungen sind Bienen- oder **Wespenstiche.** Man sieht dann vor allem im Sommer mehr oder weniger ausgeprägte Schwellungen meist im Kopfbereich. Linderung schafft ein kalter Umschlag auf der Stichstelle oder ein Plastikbeutel mit Eisstückchen.

Treten nach einem Stich in Rachen oder Zunge Atembeschwerden auf, muß der Tierarzt schleunigst ein abschwellendes Mittel injizieren. Homöopathisch bewährt ist beim Insektenstich *Apis D6,* in den ersten Stunden zweimal eine Gabe stündlich. Bestehen außerdem starke Schmerzen, geben Sie zusätzlich *Ledum D4,* dreimal am Tag.

Keine Angst vor Schlangenbissen

● Eine wesentlich seltenere Verletzung ist ein **Schlangenbiß.** Abbinden und ähnlich gravierende Maßnahmen sind in unseren Breitengraden nicht einmal bei dem seltenen Biß einer Kreuzotter vonnöten. Meistens müssen sich Schlangen auch mehr vor Hunden in acht nehmen als umgekehrt. Wenn Sie aber feststellen, daß sich nach einem Biß das Allgemeinbefinden Ihres Hundes verschlechtert, suchen Sie den Tierarzt auf.

Bei Verletzungen homöopathische Arzneien geben

Ein homöopathisches Medikament können und sollen Sie bei jeder Art von Verletzung, Blutung, Unfall, Schock und Kreislaufversagen einsetzen, auch zusätzlich zur tierärztlichen Behandlung: *Arnika D6,* die ersten Stunden vier Gaben stündlich. Dann bei Verletzungen weiter dreimal täglich, bis zur Besserung. *Arnika* ist auch bei Blutergüssen und Nasenbluten bewährt.

In den meisten Fällen und selbstverständlich bei allen ernsteren oder infizierten Verletzungen ist es ratsam, sich mit dem verletzten Tier bald in die tierärztliche Sprechstunde zu begeben.

... knotige Haut-Veränderungen aufweist

Geschwülste (Tumoren): Tastbar sind einzig Tumoren der Haut und der Milchdrüse, wobei allerdings nicht jeder Knoten ein Tumor sein muß. Immer muß der Tierarzt bei einem Tumorverdacht aufgesucht werden. Geschwülste können sich in nahezu allen Organen bilden, wenn dies auch nicht allzu häufig vorkommt. Das sind knollige oder knotige Zellneubildungen, die man, je nach ihrem Charakter, in gutartige und bösartige Geschwülste unterteilt. Bei all diesen Neubildungen ist, zumindest am Anfang, ein langsames und allmähliches Wachstum festzustellen. Krankheitserscheinungen zeigen sich zunächst nicht, so daß die meisten Hundebesitzer erst relativ spät die Sprechstunde des Tierarztes aufsuchen. Und der sollte immer bei einem Tumorverdacht aufgesucht werden. Häufigere, tastbare Tumoren bei Hunden sind: meist gutartige Geschwülste des Gesäuges, der Scheide und der Gebärmutter; gut- oder bösartige Geschwülste am After.
Ist ein Tumor entdeckt, so achten Sie darauf, ob sich die Geschwulst vergrößert. Wenn ja, wird der Tierarzt operieren müssen.

Bei Tumorverdacht frühzeitig zum Tierarzt

Furunkel und Abszeß: Handelt es sich um eine heiße und sehr schmerzhafte Verdickung? Dann wird es sich im Regelfall um ein Furunkel oder Abszeß handeln. Zugsalben aus der Apotheke sind nützlich, jedoch nur, wenn die Stelle nicht abgeleckt werden kann. Sonst hilft nur Abwarten oder der Gang zum Tierarzt, der die Pein mit einem kurzen Schnitt beendet.

Zugsalbe ...

Eine homöopathische Unterstützung beim Abszeß ist *Hepar sulfuris D6,* dreimal täglich eine Gabe, bis zur Eröffnung des Abszesses. Oder *Myristica sebifera D3,* dreimal täglich. Auch warme Umschläge mit *Zinnkraut* oder heiße *Heublumensäckchen* aus der Apotheke können helfen, den Eiter nach außen abzuleiten. Vorausgesetzt natürlich, Ihr Hund läßt dies einigermaßen willig über sich ergehen.

... und Hausmittel

Grützbeutel: Bei einem Grützbeutel handelt es sich um eine Ansammlung von Talg in der Haut. Ursache ist eine Verstopfung der Ausführgänge der Talgdrüsen. An der Hautoberfläche wölben sich dann kugelige, erbsen- bis kirschgroße Gebilde hervor, die auf ihrer

Ungefährliche Schönheitsfehler

Unterlage verschiebbar sind. Der Inhalt dieser Grützbeutel besteht aus breiähnlichem Talg. Talgansammlungen sind häufiger beim Deutschen Schäferhund, vorwiegend auf dem Rücken, dem Kopf, zwischen den Ohren und auf dem Nasenrücken, zu finden. Beim Boxer kommen sie gelegentlich auf dem Nasenrücken und der Stirn vor – Grützbeutel bereiten dem Hund keinerlei Schmerzen und sind lediglich als »Schönheitsfehler« zu betrachten.
Der Tierarzt kann eine operative Entfernung vornehmen.

Beobachtung und Behandlung durch den Tierarzt

Hernie (Eingeweidebruch): Bemerken Sie am Bauch Ihres Hundes, in der Leisten- oder Nabelgegend eine Hervorwölbung, die zwar verschwindet, wenn Sie sanft darauf drücken, dann aber wieder erscheint? Dann handelt es sich möglicherweise um einen Eingeweidebruch, am häufigsten sind dabei Nabelbrüche. Jede Hernie sollte möglichst bald dem Tierarzt vorgeführt werden. Problematisch nämlich wird es, wenn sich die Hernie vergrößert und Teile der Eingeweide in die Ausbuchtung gelangen. Sie könnten dabei abgeklemmt werden, und dann besteht akute Lebensgefahr für den Hund. Bei kleinen, haselnußgroßen Wölbungen wird der Tierarzt lediglich weiter beobachten, ob sich der Bruch vergrößert. Größere Hernien wird er operieren.

... Schmerzen beim Wasserlassen hat

Entzündung der Harnblase: Blasen- und Nierenkrankheiten sind bei Hunden recht häufig. Die meist durch Erkältungen entstandene Blasenentzündung ist sehr schmerzhaft. Als Ursache kommen neben der Erkältung auch Krankheitserreger in Frage, die auf dem Weg über die Harnröhre bei Verletzungen, von der Niere her oder auf dem Blutwege in die Harnblase gelangen. Auch durch Ablecken von Arzneimitteln können Nieren und Blase gereizt werden.

Oberstes Gebot: Reichliche Flüssigkeitszufuhr

Harn wird dabei häufig in kleinen Portionen unter Winseln abgesetzt. Er kann auch verfärbt, eventuell mit Blut vermischt sein. Trotz der Schmerzen ist die Blasenentzündung weniger gefährlich als beispielsweise ein Nierenleiden. Dieses kann sich aber aus einer nicht richtig auskurierten Blasenentzündung entwickeln. Also: Gut auskurieren. Trinken soll Ihr Hund, viel trinken. Reichen Sie ihm sein Lieblingsgetränk – keine Milch. Wärme lindert den Schmerz. Wenn schnelle Besserung ausbleibt, wird der Tierarzt helfen. Viel ist schon gewonnen, wenn die starken Schmerzen beseitigt sind.

Ruhe, Wärme und Teekuren

Ruhe und Wärme sind jetzt besonders wichtig. Wickeln Sie um die Blasenregion wollene Tücher. Harntreibend und gleichzeitig auch desinfizierend auf die Harnwege wirkt ein Blasen- und Nierentee, beispielsweise *Bärentraubenblättertee.* Ein weiterer, bewährter Tee: Mischung aus *Goldrutenkraut* und *Hirtentäschel* zu gleichen Teilen, dann dreimal täglich eine Tasse vom Aufguß. Achten Sie bitte auch besonders darauf, daß die Nahrung nicht mit scharfen Gewürzen zubereitet ist. Futterbeigaben von Vitam C und Vitamin A sind nützlich.

Homöopathie

Geben Sie bei akuter Blasenentzündung stündlich im Wechsel *Echinacea-Urtinktur* und *Terebinthina D3.* Wenn der Harn blutig ist, zusätzlich dreimal täglich *Hamamelis D2.*

Außerdem haben sich bewährt:

- wenn der Harn tröpfelt, *Cantharis D4,* dreimal täglich,
- wenn die Entzündung nach Durchnässung auftritt, *Rhus toxicodendron D4,* dreimal täglich.

Blasensteine: Bei Hunden finden sich – vorwiegend in der Blase oder in der Harnröhre – gelegentlich Steinbildungen, die beim Wasserlassen stören können und das Allgemeinbefinden beeinträchtigen. Nierensteine haben weniger Bedeutung, da sie seltener vorkommen.
Kleine, sandkörnchengroße Steinchen (Harngrieß) können unter Umständen die Harnröhre verstopfen und dadurch den Harnabfluß behindern.

Symptome

Blasensteine führen oft auch zur Blasenentzündung. Bei vielen Tieren macht sich das besonders nach schnellem Laufen bemerkbar. Häufiges, schmerzhaftes Urinieren mit gekrümmtem Rücken, Drängen und Pressen, wobei nur wenige Tropfen Urin entleert werden, sind die auffälligsten Erscheinungen. Manchmal wird dabei auch Blut im Urin festgestellt. Harnröhrensteine kommen überwiegend beim Rüden vor. Kann der Harn über eine längere Zeit nicht abgelassen werden, kommt es zu einer lebensbedrohlichen Selbstvergiftung des Körpers, einer Harnvergiftung oder Urämie. Lediglich kleine Steinchen können zuweilen herausgeschwemmt werden.

Diätfuttermittel und Homöopathie

Es gibt heute spezielle Diätfuttermittel, die zur Auflösung der Steine beitragen und dann, konsequent verfüttert, die Neubildung von Blasensteinen verhindern.
Homöopathisch unterstützend wirkt manchmal, wenn es sich um eine leicht auflösbare Ansammlung von Gries handelt, *Sabal serrulatum D4,* im Wechsel mit *Berberis D4.* Von beiden Mitteln stündlich eine Gabe. Wird es dann nicht besser, sollten Sie auch bei lediglich leichten Beschwerden den Tierarzt aufsuchen.

Entzündung der Nieren (Nephritis): Unterschiedliche Ursachen können eine Nierenentzündung hervorrufen. So können etwa die Erreger der Staupe und der Stuttgarter Hundeseuche dazu führen. Aber auch Bakterien, die von Eiterherden am Gebiß, den Mandeln und anderen kranken Organen in den Körper gelangen, rufen gelegentlich eine Nierenentzündung hervor. Ebenso ist die Gebärmutterentzündung der Hündin im allgemeinen mit einer Nierenentzündung verbunden.

Verursacher: Bakterien und Gifte

Weitere Verursacher sind verschiedene Gifte, wie Teer, Terpentinöl, Quecksilber usw., die Ihr Hund beim Herumstöbern aufgenommen haben kann. Man unterscheidet zwischen einer akuten und einer chronischen Nierenentzündung.

Bei einer **akuten Nephritis** ist das Allgemeinbefinden erheblich gestört. Der Hund ist teilnahmslos, abgeschlagen, hat kaum Appetit und meist Fieber. Durchfall oder auch Verstopfung können auftreten. Zuweilen legen sich die kranken Tiere gern auf den kühlen Erdboden, etwa auf Steinfliesen, nieder. Im allgemeinen schmerzt die Lendengegend, so daß der kranke Hund steif geht und den Rücken krümmt. Der Harn ist dunkel, mit gelegentlichen Blutspuren.

Die Harnfarbe ist verändert

Die **chronische Nephritis** trifft man vorwiegend bei älteren Hunden an. Der Krankheitsverlauf ist »schleichend« und erstreckt sich meistens über eine sehr lange Zeit, bevor die Symptome überhaupt bemerkt werden. Schmerzen sind nicht vorhanden, auch zeigt der Harn keine Farbveränderungen. Die Tiere sind verhältnismäßig munter, ohne wesentliche Störungen des Appetits. Jedoch können die Bewegungen klamm und steif sein. Im fortgeschrittenen Stadium kommt es dann zu Erbrechen, einem unangenehmen Harngeruch aus dem Fang und kleinen Geschwüren auf der Mundschleimhaut. Das sind allerdings dann schon Alarmzeichen, die unverzüglich zum Tierarzt führen müssen. Im fortgeschrittenen Stadium einer Nierenentzündung kann sich nämlich eine Schrumpfniere ausbilden, die Niere funktioniert dann nicht mehr.

Keine Veränderung der Harnfarbe

Mit den Konsequenzen einer schleichenden Nierenentzündung ist also nicht zu spaßen, daher sollte Sie schon der kleinste Verdacht zum Tierarzt führen. Dieser wird dann auch die geeigneten Medikamente verordnen und Anweisungen für eine entsprechende Diät geben. Für chronisch nierenkranke Hunde gibt es inzwischen auch eine vorzügliche Diät als Alleinfutter in Dosen. Reichlich Flüssigkeit ist allemal vonnöten. Gut wäre natürlich ein Nierentee, wenn Ihr Hund ihn annimmt (siehe auch unter Blasenentzündung, Seite 137).

Unverzüglicher Gang zum Tierarzt

... dicker und dicker wird

Fettsucht: Sieht man von den augenfällig zu fetten Hunden einmal ab, reicht bei der Vielzahl der Hunderassen, Hundegrößen und Körperstaturen der bloße Augenschein oft nicht aus, um zu beurteilen, ob ein Hund nun zu dick ist oder nicht. Ein Hund sollte eine gewisse Fettschicht unter der Haut haben, so daß man seine Rippen nicht sehen kann, wenn er entspannt daliegt. (Hat ein magerer Hund langes Haar, wird man seine Rippen allerdings nur sehen, wenn er gerade naß aus dem Wasser kommt.) Greift man eine Hautfalte bei einem zu fetten Hund, so hat man ein richtiges Stück Speck zwischen den Fingern. Genauer können Sie die Fettschicht Ihres Hundes beurteilen, wenn Sie mit den Fingern den Brustkorb des Hundes entlangfahren. Die einzelnen Rippen sollten dann zu spüren sein, ohne daß es notwendig ist, stärkeren Druck auszuüben.

Der »Rippentest«

Die Hauptursache für Verfettung bei Hunden sind natürlich Fehler bei der Fütterung, auch wenn viele Hundehalter dies nicht einsehen. Auch bei kastrierten Tieren ist, wie man immer wieder fälschlich hört, nicht die Kastrierung an der Verfettung schuld, sondern die unveränderte Nahrungszufuhr. Nach einer Kastration verwertet der Hundekörper die Nahrung infolge des geänderten Hormonhaushaltes meist besser. Reduziert man die Nahrungszufuhr etwas, beugt man einer Verfettung vor.

Daß man einen Hund zuviel oder falsch füttert, ist der Hauptgrund bei der Entstehung von Fettsucht. Die wichtigste Mitursache ist sicher mangelnde Bewegung. Durch regelmäßige Bewegung wird der Stoffwechsel angeregt – mehr Kalorien werden verbraucht. Achten Sie daher bei jeder Hunde-Abmagerungskur auch auf ausreichende Bewegung, damit sie nicht erfolglos bleibt.

Die richtige »Abmagerungskur«

Wenn Sie sich zu einer Diätkur für Ihren Hund entschlossen haben, beachten Sie aber bitte unbedingt, daß der Hunger des Tieres in erträglichen Grenzen bleibt. Es wird sonst reizbar, was das Zusammenleben mit ihm kompliziert.

Eine Diät sollte im Idealfall etwa 60 % der Energiezufuhr liefern, die der Hund bräuchte, wenn er sein Normalgewicht hätte und normal gefüttert würde. Wenn ein Hund sehr stark an Zwischenhäppchen wie

Hundekuchen oder Süßigkeiten gewöhnt ist, kann man kleine Stückchen mageres Bratfleisch geben, die man in Würfelform schneidet und leicht im Backofen anbrät.

Regelmäßige Gewichtskontrolle

Denken Sie daran, Ihren Hund regelmäßig zu wiegen, um die Gewichtsabnahme zu kontrollieren. Wenn Sie nach der ersten Woche noch keinen Fortschritt bemerken, ist das kein Grund zur Beunruhigung: Der Stoffwechsel muß sich erst der veränderten Lage anpassen, das dauert eine Zeit. Mutter Natur hat es sehr sinnvoll arrangiert, daß ein Körper nicht so schnell seine Reserven angreifen muß.

Sollte ein Tier aber überhaupt nicht abnehmen, obwohl Sie sich konsequent bemüht haben, lassen Sie durch eine tierärztliche Untersuchung erst einmal die selteneren krankheitsbedingten Ursachen der Fettsucht abklären. Außerdem muß man die Diätvorschriften und Fütterungsgewohnheiten genau überprüfen. Oft schleichen sich unmerklich Fehler ein, weil man es ja »gut meint mit dem armen Tier«. Gar nicht so selten werden die Bemühungen eines Hundebesitzers auch von allzu weichherzigen Familienmitgliedern und wohlmeinenden Nachbarn sabotiert, die dem Hund hie und da einen kleinen Leckerbissen zustecken, weil es ihm ja »so schlecht« geht.

Achtung: »Diät-Sabotage«

Hartnäckigkeit, Disziplin und Konsequenz werden Sie benötigen, soll die Abmagerungskur Ihres Hundes von Erfolg gekrönt sein. Ihr Hund aber wird es Ihnen schließlich mit mehr Lebensfreude und mit Gesundheit bis ins hohe Alter danken.

Trächtigkeit und Scheinschwangerschaft: Ist es eine Hündin, deren Bauch sich rundet? Dann müssen Sie natürlich auch immer an eine mögliche Trächtigkeit denken. Meist wird dann auch nicht wie bei der Fettsucht an jeder Hautfalte der Speck zu greifen sein. Klarheit bringt eine Untersuchung durch den Tierarzt.

Nicht selten kommen bei Hündinnen Scheinschwangerschaften vor. Wie bei einer normalen Trächtigkeit wird sich der Bauch dabei runden und schließlich die Milch in das Gesäuge einschießen. Nur: Die Welpen bleiben aus. Eine fachmännische Untersuchung kann das klären. Das Gesäuge kann sich in dem Fall leicht entzünden. Um die Schmerzen zu lindern, kühlen Sie am besten mit einem mit Essigwasser angefeuchteten Tuch, in das Sie Eiswürfel einrollen.

Symptom für ernsthafte Erkrankungen

Bauchhöhlenwassersucht: Wenn nur der Bauch Ihres Hundes dick wird, er aber ansonsten mager ist, dünne Hautfalten hat und es im Bauch bei Bewegung manchmal hörbar plätschert, handelt es sich möglicherweise um Wasser in der Bauchhöhle. Damit ist nicht zu spaßen: Suchen Sie schleunigst den Tierarzt auf. Immer stecken ernste Krankheiten von Herz und Kreislauf, von Leber oder Nieren dahinter.

... sich merkwürdig benimmt

Jeder Hundebesitzer kennt seinen Hund aufgrund des engen Zusammenlebens sehr genau, seine Freude, seinen Schmerz, sein »schlechtes Gewissen«. Und es herrscht ja hoffentlich auch Klarheit über seine Stellung im Familienverband und darüber, was er darf und was nicht. Und da ändert sich auf einmal alles: Ihr Hund beginnt zu schnappen, vielleicht sogar ernsthaft zu beißen, und verteidigt giftig seinen Freßnapf. Möglicherweise erbricht er sich ohne ersichtlichen Grund oder wird unsauber und verunreinigt die Wohnung. Schlicht und einfach: Benimmt Ihr Hund sich sonderbar, wirkt er wie geisteskrank, dabei ansonsten aber lebendig und munter, dann müssen Sie an eine Neurose denken. Da kann allerdings auch der Fachmann nicht viel helfen. Forschen Sie nach: Hat sich an Ihrer Familiensituation etwas verändert, hat sie sich vergrößert, ist ein Baby oder ein länger bleibender Besuch dazugekommen? Oder haben Sie die Wohnung gewechselt, vielleicht auch nur die Schlafstelle verrückt, die Futterzeit verlegt oder Ihren Hund längere Zeit allein gelassen und ihm wenig Zuwendung gegeben? Dann versuchen Sie ihn zu verstehen – er will auf sich aufmerksam machen, tut seinen Unmut kund. Einige einfache Veränderungen, wie der Schlafplatzwechsel oder die veränderten Fütterungszeiten, lassen sich ja vielleicht wieder rückgängig machen. Das wichtigste aber ist, daß Sie Ihren Hund in dieser Phase mehr beachten, ihm viel Zuwendung geben. Dann wirkt die Zeit heilend. Tadeln sollten Sie natürlich, wenn er sich Frechheiten erlaubt oder das unerwünschte Geschäft auf dem Wohnungsboden besorgt. Wenn Sie nicht einschreiten, merkt er sich Ihre Nachlässigkeiten, und Sie gewöhnen sie ihm nur schwer wieder ab.

Neurosen ...

... können nur durch Zuwendung beseitigt werden

Epilepsie: Ganz anders als das neurotische Verhalten sieht ein epileptischer Anfall aus. Oft sitzt ein Hund dann starr da, winselt eigenartig und bewegt den Unterkiefer schnappend, so daß der Speichel schaumig herabrinnt. Ein Anfall dauert 30 Sekunden bis einige Minuten, der Hund kann dabei auch umfallen. Selten ist die Epilepsie angeboren, häufiger tritt sie nach einer Infektionskrankheit, besonders nach einer unbemerkt gebliebenen und überstandenen Staupe auf.

Medikamentöse Dauerbehandlung

Mit modernen Medikamenten läßt sich die Epilepsie meist gut kontrollieren. Eine Heilung ist allerdings kaum zu erzielen, wohl aber lebenslange Anfallsfreiheit, wenn das Tier seine täglichen Tabletten bekommt. Die Behandlung ist sehr wichtig, denn die Anfälle werden sonst immer häufiger und führen zum Tod.

Speichelfluß und Schnauzenkratzen

Fremdkörper in Nase und Maul: Verrückt spielen wird ein Hund auch – und das ist nur allzu verständlich – wenn sich ein Fremdkörper in Maul oder Nase festgesetzt hat. Vielleicht hat sich ein Knochenstück, ein Ast oder Stein festgekeilt. Gerade war das Tier noch völlig gesund, nun kommt es plötzlich winselnd an, und Speichel läuft ihm aus dem Maul. Vermutlich kratzt der Hund sich auch die Schnauze und versucht, sich von dem lästigen Eindringling zu befreien, bewegt sich aber sonst ganz ungehindert. Wenn Sie den Fremdkörper sehen und er nicht allzu fest sitzt, können Sie einen Entfernungsversuch wagen. Bei akuten, sehr schmerzhaften Erscheinungen darf man allerdings nicht zu lange warten und sollte gleich den Tierarzt aufsuchen.

Achtung: Lebensgefahr

Tollwut: Die Tollwut ist zwar nicht häufig, trotzdem darf man die Möglichkeit nicht außer acht lassen. Wenn ein Hund innerhalb weniger Tage sein Verhalten ändert, scheu wird, sich verkriecht und versteckt, könnte das ein Tollwut-Anzeichen sein. Wird er außerdem noch heiser und kann nicht mehr schlucken, müssen Sie sofort mit ihm zum Tierarzt. Die Ansteckungsgefahr ist für Menschen zwar nicht sehr groß, Sie dürfen aber keinerlei Risiko eingehen. Tollwut ist lebensgefährlich. (Siehe auch Seite 73)

... an den Geschlechtsorganen erkrankt ist

Krankheiten der männlichen Geschlechtsorgane

Penisentzündung: Die Entzündung des Penis und der Vorhaut wird durch Schmutzkeime hervorgerufen, die sich in der Vorhaut ansammeln. Es handelt sich um eine weit verbreitete, jedoch verhältnismäßig harmlose Erkrankung, die auch als »Rüdentripper« bezeichnet wird.
Aufmerksam wird man meist dann, wenn sich ein Hund oft an der Vorhaut leckt. Der Vorhautkatarrh ist auch durch einen grün-gelblichen Ausfluß gekennzeichnet, der tropfenweise aus der Vorhautöffnung heraustritt und dort zum Teil die Haare verklebt. Im allgemeinen ist die Erkrankung mit keinen wesentlichen Beschwerden verbunden. Sie ist jedoch hartnäckig – besorgen Sie sich daher beim Tierarzt ein geeignetes Medikament.

Medikamentöse Behandlung

Hodenentzündung: Prellungen und Quetschungen nach Beißereien oder nach einem Unfall können zu einer Hodenentzündung führen. Bei allen Hodenentzündungen besteht die Gefahr, daß die Befruchtungsfähigkeit verlorengeht. Der Tierarzt ist allemal zu Rate zu ziehen.
Die akute Entzündung eines oder beider Hoden ist gekennzeichnet durch Schwellung, Schmerzhaftigkeit und Temperaturerhöhung. Der Rüde bewegt sich sehr vorsichtig, mit gespreiztem und steifem Gang. Mit Vorliebe nimmt er eine sitzende Stellung ein.
Die chronische Entzündung, die meist bei älteren Rüden auftritt, ist oft nicht leicht zu erkennen. Erst später, wenn sich vielleicht Schmerzen einstellen, die Hoden größer werden oder sich verhärten, wird das Leiden wahrnehmbar.

Hausmittel schaffen Linderung

Bei einer akuten Entzündung wirken kühlende Umschläge mit essigsauerer Tonerde oder das vorsichtige Auftragen einer Kühlsalbe schmerzlindernd. Besteht eine solche Entzündung schon länger, sind feuchtwarme Packungen um den Hodensack zu empfehlen. Am besten eignen sich dazu Tragbeutel, die auch beim Menschen zur Anwendung kommen. Es gibt sie in der Apotheke oder beim Tierarzt.

Die chronische Entzündung ist mit Arzneimitteln kaum zu beeinflussen. Möglicherweise handelt es sich auch um eine Geschwulsterkrankung, die nur durch eine Kastration zu beseitigen ist.
Homöopathisch können Sie *Conium D6* versuchen, eine Woche lang dreimal täglich. Bessern sich die Beschwerden, die Gaben bis zur Ausheilung fortführen.

Betrifft vorwiegend ältere Rüden

Erkrankung der Vorsteherdrüse (Prostata): Prostataerkrankungen hängen unter anderem mit dem Nachlassen der Tätigkeit der männlichen Keimdrüsen oder mit ihrer Hyperaktivität zusammen und treten daher meist bei Rüden im höheren Lebensalter auf.
Anfangs sind keine Beschwerden zu erkennen, erst später, wenn die Vorsteherdrüse immer mehr anschwillt (sie kann hühnerei- bis faustgroß werden), übt sie einen Druck auf den Mastdarm und die Blase aus. Dadurch kommt es zu chronischen Beschwerden beim Kot-, seltener beim Harnabsatz. Nur mit Mühe, nach öfterem Drängen und Pressen, kann der Kot entleert werden. Kommt Fieber dazu, muß von einer eitrigen Entzündung der Drüse ausgegangen werden.
Der Tierarzt behandelt mit bestimmten Hormonpräparaten. Falls damit keine Besserung eintritt, kann eine Kastration zum Erfolg führen.
Durch leichtverdauliche Kost (keine Knochen) können die Beschwerden beim Kotabsatz gemildert werden. Bei hartnäckigen Verstopfungen kann man vorsichtig mit lauwarmen Klistieren den Kotabgang anregen (siehe auch Seite 122/123).

Krankheiten der weiblichen Geschlechtsorgane

Gelegentliche Folgen der Paarung

Vaginalerkrankungen: Die Entzündung der Vagina ist gewöhnlich auf eine Infektion zurückzuführen, zu der es gelegentlich einmal beim Deckakt kommen kann. Ausgesprochene Geschlechtskrankheiten gibt es bei Hunden selten. Verletzungen der Scheide können auch die Folge einer gewaltsamen Trennung der Partner während der Paarung sein.
Man wird bemerken, wie sich die Hündin einen schleimigen oder gelblichen Ausfluß ableckt. Das Allgemeinbefinden ist selten beeinträchtigt. Wird ein länger andauernder Scheidenausfluß beobachtet, der

auch noch mit Störungen des Allgemeinbefindens verbunden ist, kann es sich um eine »verlängerte Läufigkeit« oder eine »Gebärmutterentzündung« handeln.
Der Tierarzt wird nachsehen, ob die Gebärmutter mitentzündet ist, und ein geeignetes Medikament verordnen.

Gebärmutterentzündung und Gebärmuttervereiterung: Endometritis ist der medizinische Sammelbegriff für verschiedene entzündliche Erscheinungen der Gebärmutter. Sie kann bei Hündinnen jeden Alters auftreten. Häufiger ist die Pyometra, eine Gebärmuttervereiterung, deren Ursache in einer Störung des Sexualhormonhaushalts begründet liegt. Besonders oft erkranken ältere Hündinnen, die zur Scheinträchtigkeit neigen.

Betrifft vorwiegend ältere Hündinnen

Eine Gebärmuttervereiterung erkennen Sie am gelb-bräunlichen Ausfluß. Dieser kann allerdings auch fehlen, wenn der Muttermund verschlossen ist und die Eitermassen nicht abfließen können. Die Ansammlung großer Eitermengen in der Gebärmutter kann dann zu einer sichtbaren Vergrößerung des Leibesumfanges führen.
Der eitrige Ausfluß kann auch langsam wieder nachlassen, ganz aufhören und während der nächsten Läufigkeit wieder in Erscheinung treten. Das Allgemeinbefinden der Hündin wird allerdings zunehmend schlechter. Sehr wichtig und dringend ist es, bei jedem Verdacht auf Pyometra, wenn eine Hündin unbestimmte Krankheitserscheinungen, Unregelmäßigkeiten der Läufigkeit oder gar Ausfluß aus den Geschlechtsorganen aufweist, umgehend den Tierarzt aufzusuchen. Eine rechtzeitige operative Entfernung der vereiterten Gebärmutter wird letztlich die beste Lösung sein. Erfolgt der umfangreiche Eingriff rechtzeitig, blühen die Tiere wieder auf und leben meist noch viele Jahre. Die Heilungsaussichten sind um so besser, je früher die Erkrankung erkannt wird.

Operativer Eingriff verspricht Heilung

Hündinnen sprechen leider nicht immer gut auf Hormonbehandlungen an und sind daher sehr oft negativen Nebenwirkungen der Hormonmedikation ausgesetzt. Wichtig ist, daß Sie oder Ihr Tierarzt den Behandlungsverlauf auch kontrollieren. Homöopathische Medikamente sprechen häufig gut an, allerdings nur, wenn die Diagnose gesichert ist.

Gesäugeentzündung (Mastitis): Durch kleine Verletzungen können Bakterien in das Drüsengewebe eindringen und eine Infektion bewirken. Während der Säugezeit können es die Welpen sein, die mit ihren spitzen Krallen das Gesäuge reizen und verletzen. Auch Milchstauungen, wie sie beispielsweise bei einer Scheinträchtigkeit oder nach Totgeburten vorkommen können, sind oftmals mit einer Schwellung der Milchdrüse verbunden.

Fast immer ist das Allgemeinbefinden der Hündin gestört, sie ist fiebrig und appetitlos. Das Gesäuge ist prall angeschwollen und sehr schmerzempfindlich. Meistens sind nur einzelne Drüsenabschnitte entzündet. In diesen Bereichen ist die Haut dann heiß, gerötet und gespannt. Beim Druck auf die entzündeten Zitzen entleert sich eine gelblich-braune, manchmal auch blutige Flüssigkeit. Aus der Entzündung kann sich ein Eiterherd bilden.

Behandlung durch den Tierarzt

Die Behandlung muß durch den Tierarzt erfolgen – bei Fieber wird er ein Antibiotikum verordnen.

Umschläge mit essigsaurer Tonerde lindern die Schmerzen und drängen die Entzündung zurück. Die Nahrung soll leicht und gut verdaulich sein.

… nicht sichtbare, »versteckte« Krankheiten hat

Keine Laien-Diagnose …

Bei den bisher genannten Krankheiten und Beschwerden handelt es sich um eine Auswahl, mit der auch Sie als Laie etwas »anfangen« können. Über-Information, gerade auch über die vielen nicht sichtbaren Krankheiten von Hunden, würde nur für Verwirrung sorgen und daher mehr schaden als nützen. Beispielsweise wird es Ihnen wenig helfen, wenn Sie die unterschiedlichen Vergiftungsanzeichen der wichtigsten Verursacherstoffe kennen, von denen es übrigens nicht wenige gibt, da dies ein umfangreiches Detailwissen erfordert. Außerdem ist es bei Vergiftungen unumgänglich, daß Sie bei den dann folgenden, ernsten Symptomen – meist Erbrechen und Durchfall, Krämpfe, Lähmungen und große Schwäche – schnellstmöglich den Tierarzt aufsuchen.

… der Tierarzt ist gefordert!

Auch Herz- und Kreislauf-Krankheiten, Erkrankungen der Leber und der Bauchspeicheldrüse, des Stoffwechsels und des Nerven- und Hormonsystems sind nicht so leicht diagnostizierbar. Ein Grund mehr, bei aller Selbstbehandlungsfreudigkeit nie den Tierarzt zu vergessen.

Wichtig ist auch, daß Sie bei jeder Krankheit die Allgemeinsymptome im Auge haben. Ist Ihr Hund lebhaft oder matt, hat er Appetit, hat er Fieber? Auch der Beginn von Krankheiten zeigt sich zuallererst im Allgemeinbefinden Ihres Hundes.

Alles in allem sind aber Hunde, vor allem natürlich, wenn sie richtig gehalten und gepflegt werden, »stabile« und gesunde Haustiere und überwiegend eine Freude für ihren Besitzer. Und das gilt hoffentlich auch für Sie und Ihren Hund.

Welcher Hund paßt zu mir?

Verschaffen Sie sich Klarheit über die eigenen Wünsche und Bedürfnisse

Sie wünschen sich einen Hund und sind auch bereit, die Verantwortung für Ihr neues Familienmitglied zu übernehmen?
Dann ist die nächste Frage, welcher Hund speziell für Sie der richtige ist. Die folgende kleine Checkliste soll Ihnen helfen, sich Klarheit über Ihre Bedürfnisse, Wünsche und Notwendigkeiten zu verschaffen, so daß Sie letztlich den Hund wählen, der am besten zu Ihnen paßt und an und mit dem Sie dann auch die größte Freude haben:

Checkliste für die Hunde-Wahl

- Wie groß ist Ihre Wohnung, hätte auch ein mittelgroßer Hund ausreichend Platz?
- Haben Sie einen Garten, und/oder welche Auslaufmöglichkeiten gibt es in der unmittelbaren Umgebung Ihrer Wohnung?
- Wieviel Geld wollen Sie für einen Hund ausgeben? Bedenken sie dabei nicht nur den Kaufpreis, sondern auch die Kosten für Futter, Hundesteuer, Haftpflichtversicherung, Impfungen usw. Grob geschätzt kostet ein Hund je nach Größe zwischen 1500 und 2500 DM jährlich.
- Wieviel Zeit für Pflege und Betreuung können Sie erübrigen? Haben Sie nur wenig Zeit zur Verfügung, fallen damit einige anspruchsvolle Hunderassen flach.
- Wissen Sie genug über die Hundeerziehung, so daß Sie sich guten Gewissens zutrauen können, auch Hunde konsequent zu erziehen, die einer starken Führung bedürfen?
- Legen Sie viel Wert auf den Schutz Ihrer Familie und Ihres Hauses? Besonders verspielte Hunderassen dürften dann nicht in Frage kommen.

- Oder gehen Sie zur Jagd und wollen dazu einen treuen, disziplinierten Begleiter?
- Sind alle Familienmitglieder mit dem Erwerb eines Hundes einverstanden? Oft genug tauchen nämlich sonst später Probleme auf.
- Haben Sie Kinder? Dann sollte es ein toleranter und kinderfreundlicher Hund sein. Hunde mit zuviel Schwung und Temperament sind für Kinder weniger geeignet, denn sie werden beim Spielen leicht einmal grob. (Ausnahmen bestätigen allerdings diese Regel.) Auch das Alter spielt bei einem Kinderhund eine Rolle. Kinder wünschen sich oft einen Welpen, und das führt dann nicht selten zu Problemen: Hund und Kind spielen miteinander wie gleichaltrige Spielgefährten, nur sind die nadelscharfen Milchzähne des Hundes einfach nicht für eine kleine Kinderhand »gemacht«. Und die ungestüme »Gewalt« eines Kleinkindes ist umgekehrt für die meisten Welpen nicht gerade ideal: sechs Monate sollte der Junghund schon alt sein.

Der »kindgerechte« Hund

Wenn Sie sich diese Fragen objektiv selbst beantworten, dürften Sie Klarheit darüber gewinnen, welcher Hund zu Ihnen paßt. Einen großen Hund in einer kleinen Wohnung zu halten, ohne ihm die entsprechende Auslaufmöglichkeit bieten zu können, ist sicher ungünstig für alle Beteiligten. Auch gibt es Hunderassen, die mehr Pflegeaufwand und Betreuung brauchen als andere. Und falls Sie nicht dafür »gemacht« sind, ein bestimmtes Maß an konsequenter Strenge an den Tag zu legen, kommen bestimmte Hunderassen und Hundecharaktere für Sie ebenfalls nicht in Frage.

Ein Element spielt noch eine Rolle bei der Wahl des Hundes: die Wechselwirkung Mensch-Hund. Wenn Sie einen nervösen Charakter haben, wird ein nervöser Hund Sie nur noch nervöser machen, genauso wie umgekehrt ein nervöser Mensch einen unruhigen Hund endgültig zum »Neurotiker« machen kann. Sie werden selbst wissen, ob Ihrem Gemüt ein ruhiger Hund vielleicht sogar guttut oder ob er eventuell schnell langweilt. Auch wenn Sie viel Termin-Streß haben, können Sie einem temperamentvollen, aufmerksamkeitsbedürftigen Hund nicht das geben, was er braucht.

Wechselwirkung der Temperamente

Sie sehen also, auch Ihr eigener Charakter und Lebensstil – und nicht nur der des Hundes – ist von Bedeutung, wenn Sie sich lange Zeit am Zusammenleben mit einem Hund erfreuen wollen.

Die Beurteilung des Hundecharakters

Intuition ist ein guter Ratgeber

Charakter und Wesensart von Hunden sind von Laien nicht leicht zu beurteilen. Im Zweifelsfall vertrauen Sie am besten Ihrer Intuition. Wenn Sie einen ausgewachsenen Hund erwerben wollen, achten Sie sehr darauf, woher er kommt. Von seinem bisherigen Herrn kann man oft viel über das vermutliche Wesen eines Hundes erfahren. Fragen Sie den Vorbesitzer genau über das Wesen des Hundes aus und natürlich auch nach den Gründen, weshalb er das Tier verkaufen will. Vielleicht handelt es sich um einen besonders nervösen Hund oder einen, dem inzwischen das Streunen zur Leidenschaft geworden ist, und sein Besitzer will ihn nur loswerden. Hunde, die mit dem Etikett »umständehalber« zum Verkauf angeboten werden, haben sich oft schon eine Reihe von Unarten angewöhnt. Es kann aber natürlich auch sein, daß der Vorbesitzer seinen Hund aus achtbaren Umständen verkaufen will, ihn aber nicht los wird, aufgrund des Vorurteils, ein älterer Hund könne sich nicht mehr umgewöhnen und lasse sich nicht mehr erziehen.

Selbstverständlich können sich auch Hunde ändern, aber Sie müssen darauf gefaßt sein, einiges an Erziehungsarbeit leisten zu müssen. Am besten verfolgen Sie mit wachen Augen, wie der jetzige Besitzer mit seinem Hund umgeht und wie der Hund auf ihn reagiert, ob er folgt.

Stammbaum

Eine weitere Möglichkeit, etwas über einen Hund zu erfahren, ist sein Stammbaum, vorausgesetzt natürlich, er hat überhaupt einen. Dazu muß man allerdings mit den Namen der Rüden und Hündinnen, die im Stammbaum genannt werden, etwas anfangen können. Insofern ist man auf den Rat des Fachmannes angewiesen. Und wenn man Pech hat, kann dieser zwar etwas über das Aussehen der Ahnen erzählen und darüber, welche Schönheitspreise sie gewonnen haben, aber nichts über deren Charaktereigenschaften. Die sind es aber, die für Sie von Interesse sein sollten.

Die verschiedenen Rassen unterscheiden sich stark in ihren Charaktereigenschaften, Talenten und Fähigkeiten. Sollten Sie daher einen Rassehund bevorzugen, lesen Sie nach, welche Rassen diejenigen Eigenschaften besitzen, die für Sie Vorrang haben. Ein Tip hierzu: Nehmen Sie Ihre Liste der Eigenschaften, die Ihr Hund haben sollte, und suchen Sie sich von den passenden Rassen mehrere aus, die Ihnen gefallen. Dann engen Sie Ihre Wahl auf zwei, maximal drei Rassen ein. Versuchen Sie dann aus diesen Rassen das Tier herauszufinden, das Ihnen persönlich zusagt. Eines ist dabei noch von Bedeutung: Wenn angegeben wird, eine Rasse sei besonders intelligent, so stimmt das natürlich nur von der Tendenz her. In jeder Rasse gibt es intelligente und dumme, mutige und feige, empfindsame und robuste Hunde. Eine Garantie dafür erhalten Sie nicht. Sie kommen also nicht umhin, die Augen selbst offen zu halten. Rassen sind natürlich auch eine Geschmacksfrage. Abraten kann man jedoch von jedem Extrem, da Extrem-Züchtungen meist gesundheitlich nicht so stabil sind. Wenn Sie kleine Hunde lieben, entscheiden Sie sich daher nicht für die allerkleinsten Rassen. Im anderen Fall auch nicht für die allergrößten, allerkurzbeinigsten oder großköpfigsten usw.

Von Extremen wird abgeraten

Seit es Schönheitswettbewerbe gibt, gibt es bei den meisten Hunderassen auch zwei Spielarten von Hunden: die leistungsfähige und die modische. Dementsprechend gibt es auch Züchter, die mehr auf Leistung und Charakter sehen, auf den Nutzen des Hundes eben, und solche, die hauptsächlich auf Schönheitspreise aus sind. Der Nutzen von Hunden, die vor allem auf Schönheitsmerkmale gezüchtet wurden, hält sich dementsprechend auch in Grenzen, andererseits sind das oft auch sehr verträgliche und gutmütige Hunde, für die meist eine sanfte Erziehungshand genügt. Wenn Sie sich gründlich über die verschiedenen Rassen informieren wollen, sollten Sie vielleicht einmal einige Hunde-Ausstellungen besuchen. Dort sehen Sie erstens, wie die verschiedenen Hunderassen aussehen, können aber auch aus dem Verhalten der Hunde Rückschlüsse auf deren Charakter ziehen. Werden beispielsweise Hunde vorgeführt, die sich die meiste Zeit mit eingekniffenem Schwanz hinter ihrem Besitzer verkriechen, oder eine Hundegruppe, die kaum zu bremsen ist und mit großem Radau an den Leinen zerrt, ist das sicher nicht jedermanns Sache. Weniger problematisch sind oft Hunde, bei denen die meisten einer Gruppe gelangweilt herumstehen oder gar schlafen. Sie meinen, diese Hunde sind zu passiv? Das ist oft ein Trugschluß. Nach den ersten Ausstellungserfahrungen langweilen sich die meisten Hunde dabei. Hunde, die sich dann immer noch um der Aufregung willen aufregen, sind meist hysterische und nervöse Zeitgenossen.

Hundeausstellungen als Informationsquellen

Charakter geht vor Schönheit und Stammbaum

Zu Recht werden Sie sich vielleicht fragen, was denn nun mit der Mehrzahl der Hunde ist, den Tausenden und Abertausenden von liebenswerten Promenadenmischungen. Dazu ein Vorurteil: Es heißt, Promenadenmischungen seien intelligenter und besäßen mehr Charakter als reinrassige Hunde. Das ist nicht falsch, Mischlinge sind tatsächlich oft intelligent. Wenn man Pech hat, neigen sie aber dazu, die Intelligenz für »egoistische« Zwecke zu gebrauchen. Außerdem ist ihr Hang zur Unterwerfung oft nicht sehr ausgeprägt, und das entspricht wohl in vielen Fällen nicht den Vorstellungen des Besitzers. Der wichtigste Rat aber ist der: Machen Sie sich ein eigenes Bild von dem Hund. Solange der Charakter in Ordnung ist, kann man die Abstammung vernachlässigen.

Hund oder Hündin?

Vor Vorurteilen wird gewarnt

Noch eine Frage kann sich stellen: Wählt man lieber einen Rüden oder eine Hündin? Es stimmt schon, daß Hündinnen in der Regel etwas sanfter, anhänglicher und leichter lenkbar sind als Rüden. Allerdings können Rassenunterschiede und individuelle Veranlagung diese Eigenschaften völlig verwischen. Vor einer Jagdterrierhündin sollte man weit mehr Respekt haben als vor einem sanften Setterrüden. Viele erstklassige Jagdhunde sind Hündinnen. Und wenn Sie einen scharfen Schutzhund wollen – auch eine Hündin wird Sie erstklassig verteidigen, wenn es darauf ankommt. Nur ist sie Ihnen selbst gegenüber meistens anschmiegsamer. Umstände macht die zweimal jährlich auftretende Läufigkeit einer Hündin. Aber auch bei Rüden kann der Geschlechtstrieb zu Problemen führen.

Es kommt auf Ihre Gefühle an

Informieren Sie sich also umfassend, überlegen Sie sich, was Sie wollen, und entscheiden Sie sich dann – für einen Wachhund mit Prestigewert wie den Glatthaarcocodrilo oder den Megaterrier, den kinderfreundlichen Wachhund Zorrito, den pflegeleichten und kinderfreundlichen Foxterrier. Diese Angaben, das wissen Sie ja inzwischen, sind keine Garantie. Sie kommen nicht drumherum, Ihr Gefühl, Ihre Intuition sprechen zu lassen.

Literaturhinweise:

Holmes, John: Der Hund im Haus, Albert Müller Verlag, Stuttgart 1979.
Kraft, Wilfried: Kleintierkrankheiten, Eugen Ulmer Verlag, Stuttgart 1984.
Rolle, Michael und *Anton Mayr:* Mikrobiologie, Infektions- und Seuchenlehre, Ferdinand Enke Verlag, Stuttgart 1978.
Weiss, Friedrich: Mein Hund ist krank, PDV-Sachbuchverlag, Hannover 1986.
Wolff, Hans Günther: Unsere Hunde – gesund durch Homöopathie, Johannes Sonntag Verlagsbuchhandlung, Regensburg 1985.
Zimmermann, Walther: Homöopathische Arzneitherapie, Johannes Sonntag Verlagsbuchhandlung, Regensburg 1984.

Nützliche Adressen:

Deutscher Tierschutzbund e. V., Baumschulallee 15, 5300 Bonn 1.
Bund gegen den Mißbrauch der Tiere e. V.,
Viktor-Scheffel-Str. 15, 8000 München 40.
Arbeitsgemeinschaft deutscher Tierschutz e. V.,
Doktor Boschheidgenstraße 20, 4130 Moers 1.
Bundesverband für Hundeausbildung, Hundeerziehung und Haustierforschung, Brommersiek 18 a, 4973 Vlotho.
Züchteradressen erhalten Sie über die
Interessengemeinschaft Deutscher Hundehalter,
Augustastraße 5, 2000 Hamburg 76 (auch Informationsmaterial)
oder beim *Verband für das Deutsche Hundewesen,*
Postfach 1390, 4600 Dortmund 1.